尾崎まゆみ歌集

SUNAGOYA SHOBO

現代短歌文庫

砂子屋書房

尾崎まゆみ歌集☆目次

『微熱海域』（全篇）

歌論・エッセイ

解説

尾崎まゆみ歌集

『微熱海域』（全篇）

協和音

協和音　息をひそめて迎へたるさつきまつ花たちばなの香を

ひらり逆転ネガティヴとなる口紅で電話番号書きとめる朝

年功序列紆余曲折の夏過ぎて吹く萩の風髪に飾らむ

ジョナゴールド白雪姫の面影のからだのやうに芯を残して

「藍色の蟇」本棚に飼ふ父を持つ友と今宵はテレビながむる

常夏の種

新しすぎるバスケットにはあかづきんちやん閉ぢこめてウルブスと帰らう

かぼちやの馬車切つてまぶして鍋の中油はじけるゆふげの匂ひ

ぬばたまの髪耳に挟んで冷凍庫より常夏の
種を取り出す

バターナイフの背中にきらりトーストの焦
げ目ひつかき散る時のくづ

鍵は左の手で家を出る左手のことは右手に
教へぬつもり

アイネクライネナハトマジック背景の今日
かけめぐる明日《あした》ならいい

わたくしの見えぬいらだち口紅のすこしう
すれたくちびるの線

一攫千金その手の夢にずぶぬれのシンデレ
ラ、ハードロックが好き

からごろもひも夕暮に飛び上がりからだを
かけてみごとに転ぶ

花鳥風月その月磨きめざめればわたくしが
劇場ではじまる

歳月の鳥

ひさかたの光の朝は夢殺すほどけざやかな
色におぼれて

月子と名付け二十八日鳴声も日々てりかげ
るヒマラヤンハスキーキャット

ロバの耳の領地を抜けて王様のうふふ　ふ
ところ弾む饒舌

薫の君に似たる少年そこかしこやや前のめ
りに夏へ急ぐか

顔と手を出すパジャマの胸のこれだけの空
間に太陽がいっぱい

余りの日々は春のはじめのじれったい季節
にすべて食べてしまはう

どうしても思ひ出せない名前などガムを食
べ終へそのまま捨てる

時の流れの一滴がほらアリスちゃんあわて
て夜の底に満開

笑顔泣顔ななたびかへて今宵またからくれ
なゐの頬に満月

ジャムを煮る場面幾つもかさなれどこちら向かざる宮下順子

はんさむな半熟卵子五つほど夜までヴィデオデッキとあそぶ

牡丹笑みこぼれて夢が二三片歳月の小鳥一羽を撃つ

ときめきの如月卯月

あとふつか眠る角にはゆで卵つるつるの表面の一月

かぎろひの春のまぼろしときめきの如月卯月ジューンブライド

膝を抱く手には産毛がそよそよとこころの中を横切る家族

温州蜜柑輪切り一個を絞りきつてもヴィタミンに浮かぶ哀愁

エクスクラメイションマーク一面の雪野に風がおほいにおこる

まなざしは朝焼の色すみやかに眠るこころに落花散乱

おひつおはれつパントマイムも硝子越しなれどあす如月が終はるよ

午後の光のただ中にゐる永遠がほんの一瞬虹のくれなゐ

ジャングルジムの角をまがつて夕闇とスペードの女王につかまる

つひにキャベツを剝きつつ夜へ走りこむ今日西風は一度もこない

抒情叙述の機械壊れてとりかへしのつかない春へまた舞ひ戻る

電子レンジの四角にミルク一杯がめぐる未明のせつなさに似て

からくり時計八時を打つて改札を日々の糧などわつと飛び出す

一触即発蕾蕾の雨の日の記述ミモザの花粉こぼれる

擦れ違ふ髪シャンプーリンスさみしさをまだぴちぴちと弾くおかつぱ

十九の春のはしつくれなる発熱にUFO型の帽子かぶせる

人魚姫しつぽの先でキーウィを切れば溢るるさみどりの鬱

せつなさを羽根の形に切りぬいて貼りかへあそぶ母はひだまり？

そらみつやまと風をつくつてひとひらの四月若葉に先を越される

桜の花の満開のした指先でなぞる世界はきつと膨らむ

葉書一枚ほどの空白水たまり溢れるやうに空をかぶせる

「小公女」ハッピーエンド手前まで読みぴつしやりと閉ぢたのは母

電報の音読だつて二三人ひとを泣かせてみせるわわたし

トマト切るたまきはるわを弾ませてナイフきらりと横顔に置く

ゆふづくひ差すくれなゐはほつぺたのなみだの跡がゆがみたるほど

きのふはきらひポテトチップスをはりまでたべてあしたの風をあつめる

雨降る朝のからだ支へる「銀の匙」一匙の蜜昨日夕映

竿にはためくたとへば五月　晴天をくぐりぬけ飛ぶ花鳥図の鳥

微熱海域

雲雀料理の後にはどうぞ空の青映しだしたる水を一杯

明日のため吊されてゐるブラウスの胸ポケットに降る未然形

万緑に一枚の風かき写しフォルムをこの耳に捕らへたい

コカコーラ罎のへこみに匂ひたつのすたるじあ飲み干してごらん

夜　ステゴザウルスとなるクレーンのその瞳には溢れる満月

ベッドには脱け殻ひとつ食卓の椅子にもひとつ窓を開けよう

この場所に鉄砲百合を植ゑおきし母の空いつまでも晴れない

大杉栄、山口百恵、私の誕生日今日火の匂して

縄飛びを駆け抜けるため光・闇二面の鏡平行に置く

繋ぐ手のその空間の熱にあるたとへばインディアン・サマーなど

遮断機の向側には情熱をおきわすれうしろがみをひかるる

上目遣ひの子よ「目を覚ませと呼ぶ声が聞こえ」て午前六時過ぎなり

「さすらひのカーボーイ」「真夜中のカーボーイ」ロマンてふものほぼ死へ向かふ

冷蔵庫ちりちりと鳴る午前午後擦れ違ふ時　風も立たない

手をかざし見るプールサイドにわたくしの蜃気楼立つ微熱海域

同一のマニュアルを手に化粧《けは》ふ顔春一過性百合科植物

ブリオーシュおへそより食べ来たる足たつた二本で地下鉄に乗る

夕陽を邀へ撃つ怒りより遠ざかり階下より来る「ＥＬＬＩＹ ＭＹ ＬＯＶＥ」

少女には美徳食べさせ着せかけて桐の花なる母のほほゑみ

復活祭の引出物なる美徳なら卵一籃ひとつはあらむ

たつた二年で雲摑みたる恋人のたまきはるいのちよりの伝言

ＦＭとコラム雑誌と広告と今日オフェリアの名にみたび逅ふ

さくさくと歯と歯のあはひ林檎食めば香りのほかに何が残らむ

街を走る風の足跡切りとりて鍋に溶かして春のあけぼの

星のごと煌めく母音飼ふために窓いつかしよの部屋の弟

光ある背表紙の絵のねむり姫ひらがなのやすらぎに眠らむ

明日といふ言葉の魔力花の闇あしたの朝も生きてゐるはず

殺したいこころの朝《あした》スカーフに忘れぬやうにコロンをすこし

光あるいは影を撃つたるこころかも見紛ふ霙飽雹雪

はしるはしる「さくら百首」を目に受けてかくもさみしき冬の桜木

薄荷歯磨

空ばかり恋ふ雲雀は夢の片方をほらあの雲の上に忘れた

薄荷歯磨　朝はれやかにさみしさをつつむひとつの風なるは母

安石国を思ふ真夜中夏椿スロウモーション
ヴィデオに落ちる

思ひどほりに心かげろひたまかぎる日々に
転がる林檎半分

そこだけふつと明るむ部屋の片隅に愛する
やうに埃ふりつむ

適度に甘くした青春にひろげたるビリー・
ジョエルと村上春樹

家具売場にて自在に選ぶ食卓の広さと高さ
中流の影

円形のテーブルを腕はみ出してさざめき走
る家族てふ距離

「フィネガンズ　ウエイク」モンローウォー
ク飛ぶ夢で握りしめたる青空の端

髪をゆすつてたとへば落とす熱のことから
くれなゐの夕焼のこと

陽は沈みたつ夕映に一房の葡萄のやうな闇
の手がある

宛名不明の葉書が帰るかつきりと夜の真上
に月ある九月

雨のうしろにたつは記憶の照りかげり月の
光にフォーク突き刺す

そしてこころは一枚の布　雨音と白い秋指
先にたつぷり

両側の手よりこころが抜けてゆくなら肩越
しに投げてみる意志

目玉焼の食べ方を変へ日々に変へひび割れ
おこす日々のわたくし

昨日まで咲きゐし萩の影うしろより押すこ
とも少女はあした

月のひかりにずぶ濡れの髪紅葉はさらさら
と神無月《かみなづき》までゆく

カレンダーには去年《こぞ》の紅葉破るのは待つて
時雨が妙にうるさい

たまきはるいのちのうつつ走りぬけ今白秋
のいちめんのしろ

弾ける

与謝野晶子　斎藤茂吉　名前だけ知る人波をとほくより見て

取替可能部品一覧電気店より届く封筒の重たさ

しあはせもこはいたとへばおほつぶの卵右手に持ちかへて割る

夢の底より帰りたる今朝このこころ月蝕の輪のやうにせつない

坂道を疾風怒濤駆け抜けてゐるのは風とニセアカシアと

「かつこ」でくる人の花束、泳ぎきる武器のひとつに笑顔などそへ

ショウウインドウ歩く歩幅を合はせたる母の目に昼の月を映さむ

桜吹雪のなか帰り来る足音の土踏まずにもひとひらの花

アルミ缶けつとばしたい夕焼にくやしいけれど地球は回る

梔子の明日はひらかむそのかをり母の声決
して忘れない

朝のスウプに食器触れ合ひ向かひあふはつ
なつのけだるさの足音

地下鉄へ自動改札抜けるたびたましひの色
写すのは誰

百合の木に去年の夏まで隠しゐし殺意が今
日はひえびえと燃ゆ

恋人の目の夕霞それよりもうるみつぱなし
夏の夕月

ビルいちめん窓ぜんめんに描きたる一本の
樅の木が燃え立つ

抒情は抒情ノートを閉ぢて恋人を追ひかけ
る朝までの情熱

夕焼に足首染まるまで座るヴェラのうしろ
に夏が弾ける

一年の後さへこころ危ふくて緞子よりウェ
ディングドレス

鞄の中の手帳口紅ボールペンまだぱたぱた
と紋白がゐる

豪華絢爛炎天真夏玄関に届きたるクール宅急便

ダブルターン

うたたねの寝覚め夕焼わたくしを影のかたちに切つて燃え立つ

遠雷光りそめたる午後に鶸色の葉書一枚届く音せり

肩に夕陽が溢れる時刻この道を歩く言葉の花の下まで

咲く花を見つけられない余白にはあかねさす陽をひとしづく置く

ときめきは春のあけぼの青空のかすむ桜の蕾にたぶん

人差し指をアンテナに聞く悪意など育ちつつある五月の風

朝焼の消えるまで待つそこが夏Tシャツの真つ白がまぶしい

硝子の風鈴飼ふための夏ただし昼エアコンの西風に靡かせる

ブラウスよりも光を羽織りこの椅子にこころを置きて八月をゆく

わたしの夏は母の喪の色いつまでのさみしさを酔芙蓉咲くらむ

折り込みの広告に行くあてのない街の地図ありポストを探す

サンダルと夏汚れきつたるのち小雨カンガルウはワープできるか

不意に夜　花柄の夏閉ぢこめるダブルターンを教へてほしい

てのひらの水に映した月の輪をすぐに飲み干すたしかに甘い

絵具一本絞りつくした夏空を見ぬままに夜ＦＭを消す

季節は腕をすりぬける風ひとつかみ添へてオレンジゼリー固める

肩を抱く時の瞳にわたくしは死角となりて何思ふらむ

まもるべき夏のなごりの熱すこし持つ夕映
の白の濃淡

樅の木蔭に十年ののち演技とは思へぬ笑顔
持つ友とゐる

不在の部屋の片隅にあるこの夏の陽炎色の
ファックス通信

抒情食卓

「ゆふすげびと」のページ開きて手に鳴らす
明日秋風はここより立たむ

新緑の候文はさみしくて瞼にもくれなゐを
差してみむ

よろこびの機会均等均質の味なくて月見草
咲《ひら》くなり

朝、胸におほいなる月ふうはりと沈めたる
着地せつなの地震

駆け出せば躓くこともふいに咲くためいきの香の沈丁花「わっ」

パイのふくらむ時間くらゐは鍵盤にひとさし指で「さくら」を歌はう

砂糖菓子いのち半ばにたつぷりとかけたるやうに花水木咲く

しあはせの幾通りもの壊し方描きつつ風辛夷を散らす

草色のいろえんぴつが弟の引き出しに五月まで転がる

ひなたより部屋に入るたびに輝きに目くらむほどの闇をもつこと

かくし味にはラベルを貼りて棚に置くその時風の色は何色

五月晴髪かきあげてやがて来るしあはせもふしあはせも待つ

縫ひ目のないシャツならばもう朝露も恋人の手も忍び込めない

ウォークマン音は散り散り粉々のまま長き手と足持て余す

今日もいらいら水無月文月大盞木の花の高さにあく窓を持つ

夏椿あるいは抒情食卓に置き夕陽の手届くまで待つ

漢字変換こころが曇るうすあかりこのまま空を封じ込めたい

手に触れるすべてを隔つわたくしと言葉としての三夕の歌

月淡く差す横顔の輪郭もわたくしの一部分さはるな

金水引五六本抜く　世はこともなくローソンへ行く二分前

百貨店大食堂の窓際のパノラマへ会ひに来るのは父

調整池の水の真上に青葉あり逆立ちの水底に青空

高く飛ぶためポケットに忍ばせる夏の風一瞬の力を

そこにゐる富田靖子の夏きらら夕立の中逃げて行くらし

駐車場となりたる友の家を過ぎわたくしの
影また一人消ゆ

缶ビール泡ふつと吹き哀愁のにがみを今日
のよろこびとなす

車内にはメランコリイと中吊りの広告に笑
ふ父の六月

ダリア咲く夏まで七度指折つてうしろの風
を摑み損なふ

背中のくぼみばかりの並ぶ踏切を須磨行き
の電車過ぎ昼過ぎ

父の日とブルームの日と重なりてひとひ濡
れたる青空の色

スプウン十二月

足音ははははそはのははわたくしと髪の先ま
でせなかあはせの

規律正しく規則正しく零時まで時を愛して
今日もうたかた

ひやひやと白木蓮《はくれん》咲いてからつぽの午前十
時の公園も雨

五月はじめの朝には窓をしつかりと閉ぢて
ぎざぎざスプウンを持つ

Old Days 甘つたるさにセロファンを剥がす
レタスの春はルフラン

睫毛瞬く春の手を取り突風はハードボイル
ドエッグのにほひ

硝子戸のわたくしのまへ万緑の一部分すつ
きりと立つなり

青空の一区画あり雲を呼びそこにジャック
の豆を一粒

エチュードも終り近づく五月には草折りて
その匂にひとり

天使を人となすまでの時ひつじぐも数へ疲
れてともに眠らむ

メヌエット芽キャベツスウプ煮えるまで
日々の一束鍋に投げ込む

曇り日をくはへるやうに風邪ひいて背中は
ばたく黄昏の音

曖昧母音凍るかけらが水を打つ眠らない眠れないキッチン

三宮発夕方五時のサイレントムーヴィー主役の貌追ふふいに

爪磨くやさしい夜に欲しいものたとへば卵ほどの月など

スプウンに月の満ち欠け閃けばヴァニラアイスのＫＩＳＳ冷たい

肩に降る桜吹雪は夜の夢を隔てもちゆくあとのからつぽ

テーブルの上の夕陽と遊ぶなら夏さみしさの影も曖昧

あさなゆふな菜を刻み爪刻みたる食卓に挿す椿一輪

むしろこころが透きとほるほどの炎天　白百日紅咲く道をゆく

一匙KISS

花誘ふてふ言葉より春　感情をぐつとゆさぶる手立て探さう

ディザイア後手に閉ぢ春うらら保険証書のしあはせを買ふ

夜明けまで数分間のときめきを秘め雪柳まづゐまふなり

コップの中の虹といふ名のしあはせに足踏みをする三月三日

TVジョン過去ばかり追ひブラッドベリイ「霧笛」に不協和音の弥生

視線からませたるあとの春はあけぼのかすみたつネガのネガティブ

やまとまほろば促濁音と撥音の加速度に散り散る桜なり

陽のスクリーン映す花粉の旅せめてわが深呼吸この指止まれ

あけつぱなしの窓いちめんの雪月花よりひかり風そらがうまれる

鏡の前で角度をきめるほほゑみに肩をよせても食ひ違ふ夢

青空に色褪せてゆく『水入らず』白いシーツをまつすぐに干す

蜘蛛の糸視界をめぐる純愛と自己愛と対称に煌めく

籠いつぱいの卵の夢をこの雨のふりつくすまで見つめて眠る

背中より風に抱かれるコクリコがポスターに咲く地下鉄の駅

鏡に映すぬけて光を溢れさすフィルムの向かう側こそ地上

第七反抗期につきぶるうすを朝　口紅と光に乗せる

「悪の華」缶詰にして売りあるくヘビイメタルの愛らしき目よ

夢の血潮が火のにほひする十六と朱夏の日差しにすれちがふなり

右足のかかとのあたり綻びを気付かれぬやう影つれあるく

九月背中に背負ふリュックに黄昏の小さき傷のやうな三日月

この夕べみみたぶの裏見るために硝子二面の力を借りる

「ガリア戦記」閉ぢてこころにまたひとつ抱へ込む世界史とその地図

網膜にひとひらの薔薇混りあふ空の痛みよはれやかに咲け

煉獄にゆくときもなほ戸締まりを確かめるわたくしの情感

さみしさに逢ひたい時はシロップをたつぷり氷雨一匙ＫＩＳＳ

カノン逆行

「茨木のり子詩集」小脇に蹴つとばしても弾む心を買ひにゆく

流される　なにをいまさら少女期の影踏みつけて交差点まで

ひそかひそかに百合の木の影持ちかへり真夏日挿頭《かざ》す　殺意90%

ストッキングは右の足からいつもはく　くだらない日常に乾杯

光つなぎの朝のあいさつぽつかりと牛乳罎の淵の満月

ラ・ニーニャのだだこねてゐる畝傍山まで波の侵蝕する祖国なり

起きぬけのラジオは歌ふ　窓に向く椅子に喪服の夏を迎へよ

まだ咲かぬ花に埋もれて私より少ない記憶妹の繭

アリスの花咲きそめの今日打つ手なくかひな広げてかろがろ過渡期

飛ぶ前の鳥の韻律カノン逆行空には位置を描きそこなふ

流し目のぎらり八月茄子の馬の紺駆けのぼる　賢治かもしれぬ

ひとつひとつを音符に拾ふ夏の花そののちまたも闇はあやなし

くちびるはラ音のかたち絢爛の襤褸《ぼろ》にくるみし言葉こぼれる

摩天楼　鏡仕立てに光滅ぼす　さみしさと見まがふ夏よ

髭を剃りくちびる紅に塗り潰す間も麗しくあれアッシェンバッハ

華氏四百五十一度始動開始と百合の束明日へ贈らむ

揚羽蝶雲の途切れ目時渡る言葉としての夏のゆき方

群集の海揉まれゆく流れゆくひとりのいのちの軽さ軽んず

哀愁のどこまでと問ふ恋人が背負ひたつなり夏の半身

結婚願望仮死のしあはせあるいは目覚めそこで途切れる「ハーレ・クィーン」

私はゐない

愛しき五月続くあひだは汨羅てふ異国を胸に飼ふつもりなり

空間に突如生まれて霰降る　また一人称のあまつたれ

こころの闇等身大に切りぬいて重ね終れば私はゐない

四月朔日光と影のむかう張つてうつつと夢の曖昧母音

うしろには影と五月がはばたきて目覚めこの恋歌をよごすな

雨の匂ひのしのび足　コルセットぎゆつと締め曇硝子を開ける

溢れるほどの五月晴ばれきたるべき無言の街よやすらかに眠れ

どつたりとコート落ちたり雨の香にずぶ濡れの恋人が帰り来

落下感覚お夏の夢に半鐘の鳴りやまぬ　くちなは姫と会ひたい

ほほゑみかんばしゆうて山百合咲く咲くと
したたかに白玉の緒を剪る

さみしさを言ひかけてやむ少女てふいつも
大地に根を張りてをり

ベンチにすわる黄昏の空見ぬやうにわたく
しの窓一番に鎖《さ》す

イルミネーション大盞木を熱くするゆゑ鏡
文字書く薬指

家庭への亡命などに思ひ至りて二十二歳の
夏畢る

縁日の宵は硝子の目を持ちてにせものの弟
の手を引く

鍵束しやらん左てのひら持ち替へて電灯に
まみ開く空蟬

絶望の場面に似合ふ百合の束　中島みゆき
音とふらせて

個食鮮らかこころ縦割り人材を生み給ふな
るははの食卓

とほり雨舗道も息も闇の名も紺青薄暮ジョ
バンニを待つ

磨きぬかれたタイルの底の群青のガラスの靴にくだかれる海

真夜中の紫陽花白き首を振るなら少女の手首切りて添へたし

電話ボックス夏の陽炎全身に愛してゐると汗と流れる

走馬燈光と影が手に残りすべて燃えたつ夏ならば恋ふ

すきとほるものは危く射干玉に鐙と砧、骨つたふ波

ろくでなしニューウェイヴに銀輪の跡追ひて眉かくし目かくし

先頭にゐる卵の夢をさわさわと晒してゐれば変身願望

俊成卿息女来たる夜には乱雑に洗ひ髪など侍らせてゐる

曼陀羅華発芽発根微熱地を這ふハートブレイク前夜祭

ジャニス・ジョプリンみだらを舌にころがして三十の坂転びそこなふ

桜橋まで義理人情を買ひにゆく横顔を刺す夕陽　うるさい

夢閉ぢよ

ゆふぐれは紫紺の空へわたくしが散るばかりなる更紗木蓮

真白きこころ本日休業札をさげ深き海への坂道下る

木蓮は別れたあともあざやかにわたくしを染めなほし愛さう

風にゐてひとひさやけき桜花木洩れ日花粉皮膚に映らふ

今宵会ふ桜爛漫わたくしの桜はいのちとともに持ちゆく

ばつさりと薔薇は言葉の内側に剪られたあとでたぶん繋がる

草萌えてこころも燃えてその言葉ほどの夕焼走りぬけたい

夏衣からだ感情つつみかね立つとき後姿黄
昏

きのふまでの記憶紛れてゆくまへにグラス
一杯朝日飲み干す

夢閉ぢよ　たとへば寝覚め危ふかる頃感情
の海に溺れよ

玻　璃

したたかに生ひたち風の歌奪はむ真昼トゲ
ナシニセアカシア

桐の花　幼き日々の離《か》れ離《が》れに幻影家庭図
持ちて母訪ふ

若草の総絞り袖振るに春　陽に従へり家霊
かの子と

胸しんしんと睡蓮開く朝《あした》には言葉を閉ぢて
なにも思はぬ

花一輪ゆゑに捨てむと思はねど月青く脹脛《ふくらはぎ》に沈めり

夏めぐるごとに忘れることばかり上手になつて合歓に風鳴る

季節は空をゆく凪の午後虫愛づる姫君のまなざしのながつき

たとへば白のワイシャツ羽織りわたくしはふかなさけより「黄金遁走曲」

一番電車に乗れり別れし恋人のまだ熱き胸の鼓動のこれり

緑蔭を目ざしてボール蹴つとばす少年の影歪む一瞬

たまかぎるほのか絶対音音叉捕らへむとして捉はるる夢

蝶のやうに白き存在目の端を確かにかすめ影の道行

あくびころして潤む瞼にとほざかる風の音ヒアシンス、ビリチス

輪廻こよみのめぐる響きにきら雲母《きらら》ひかりほそれる空の十月

この空に昴　おとうと林檎剝く罪の定義が
あやふく揺れる

「豊饒の海」胎教としたる子の少年となる
日々の陽炎

プラットフォームにて髪を解くをとめごが
われの視線をはつしと弾く

コートの第一ボタンとめとめ若草の少女雪
の輪潜りて逢ひに

オンディーヌ　射干玉《ぬばたま》闇の舌先のフォーク
夕暮研いでかからむ

欠皿紅皿母は不在の日曜日鉢かづき玻璃玻
璃と割るなり

ひらりカオスをかはす世界の夕暮がわつと
かぶさるやうな耳鳴り

ほぼ詩に向ふ
――『微熱海域』解題

塚本邦雄

雲雀料理の後にはどうぞ空の青映しだしたる水を一杯　「微熱海域」

コカコーラ壜のへこみに匂ひたつのすたるじあ飲み干してごらん　同

たつた二年で雲摑みたる恋人のたまきはるいのちよりの伝言　同

冷蔵庫ちりちりと鳴る午前午後擦れ違ふ　時　風も立たない　同

同一のマニュアルを手に化粧《けは》ふ顔春一過性百合科植物　同

FMとコラム雑誌と広告と今日オフェリアの名にみたび逅ふ　同

光ある背表紙の絵のねむり姫ひらがなのやすらぎに眠らむ　同

はしるはしる「さくら百首」を目に受けてかくもさみしき冬の桜木　同

一九九一年第34回「短歌研究新人賞」の一聯中、殊に「雲雀料理」は印象的であつた。反射的に萩原朔太郎を想起するのを計算に入れての、廣義本歌取りではあるが、意表を衝く翻案で、同時に戦前派の郷愁をも誘ふ。鳥料理の歌ならば、葛原妙子『朱靈』に「雁を食せばかりかりと雁のこゑ毀れる雁は聞えるものを」等「雁の食」一聯はあるが、非現實的な雲雀の鋭利な感覺は、意外に新しい。

朔太郎三十一歳の『月に吠える』には「雲雀料理」を標題とした七行詩と共に「焦心」と呼ぶ一篇の冒頭「霜ふりてすこしつめたき朝を／手に雲雀料理をささげつつ歩みゆく少女《をとめ》あり」が見え、これこそ尾崎まゆみの本歌であらう。すなはち重ねて「このうまき雲雀料理をば盗み喰べんと欲して／しきりにも焦心し」なる末尾に近い二行は、世紀末ガストロノミーを七十五年前に暗示してゐる。

岡本かの子の「櫻」は一聯百三十八首だが、伐つた三十八本が、並木をまばらにし、「はしるはしる」の吐く息の白が言外に見える。

早稲田で朔太郎を卒業論文としてから十四年目に、かうして雲雀を再生させ、専攻の近代文學の華を招いて、このやうに結實させたのは頼もしい。愛媛出身といへば高野公彦・坂井修一、何なら子規の餘映にもあづかつて、プレ・アヴァンギャルドの新手法を展開してみせてほしい。『サラダ記念日』以後五句三十一音をほぼ正確に守り、一瞬都々逸調を聯想させるまでに、五・七調を平俗化する傾きもあつた一九八〇年代歌人に、尾崎まゆみの巧みな韻律改變は、一つの賦活剤的放果ももたらしてゐる。輕快、なだけではない。輕快な破調なのだ。

詮衡會でも言及する人があつたが「コカコーラ」に始まる「のすたるじあのみ・ほしてごらん」、「カーボーイまよな・かのカーボーイ」、「ひらがなのやす・らぎに眠らむ」等の句跨りは、前衛短歌のそれとは趣を異にして、たとへば、ロック以後の、彼女の好むセロニアス・モンク風のシンコペーションである。短歌の韻律中に、ささやかながら一エポックを創出したと言つてもよい。

確かに洒落てゐる。世紀末的倦怠感とひりひりするやうな今日的テーマを盛り、豫定調和や常識性を拒んで、ニューウェーヴのその先に立たうとする。新人賞とはさういふ新しさあつてこを成立するものだ。しかも今一歩勇み足的前進を試みると、恐らく讀者は違和感のため外方《そつぽ》を向く。その危くて賢い節度を嘉《よみ》しよう。

協和音　息をひそめて迎へたるさつきまつ花
たちばなの香を　「協和音」

年功序列紆余曲折の夏過ぎて吹く萩の風髪に
飾らむ　同

ぬばたまの髪耳に挟んで冷凍庫より常夏の種
を取り出す　「常夏の種」

からごろもひも夕暮に飛び上がりからだをか
けてみごとに転ぶ　同

薫の君に似たる少年そこかしこやや前のめりに夏へ急ぐか　「歳月の鳥」

たまきはるいのちのうつつ走りぬけ今白秋のいちめんのしろ　「薄荷歯磨」

手に触れるすべてを隔つわたくしと言葉としての三夕の歌　「抒情食卓」

「ゆふすげびと」のページ開きて手に鳴らす明日秋風はここより立たむ　同

作者の古典嗜好、王朝志向も随處に鏤められて、なかなかの趣を生んでゐる。有名すぎる「さつき待つ花橘の香をかげば昔の人の袖の香ぞする」を伊勢物語の六十段から引いて來て、昔の夫に邂逅した女の、不協和音的悲哀を隠し味にしたのか。「年功序列」は明らかに「萩の風」で生きた。この體言疊みかけ手法は、尾崎まゆみの得意とするところで、「豪華絢爛炎天真夏玄関に」「水無月文月大盞木」「華氏四百五十一度始動開始」「発芽発根微熱地を這ふ」等々、漢詩音讀の乙張《めりはり》を十分意識して、短歌の韻律に緊張感を加へてゐる。口語のなまぬるさをわざと援用しつつ、しかも歴史的假名遣ひを守り、外來語・外國語のカタカナをたつぷり使ひつつ古語、殊に枕詞を随處に配して均衡を保つ。

常夏、古典の瞿麥《なでしこ》と四季の眞夏のダブルイメージ、唐衣・紐と「からだ」の脈絡、現代若者風俗の「薫」は歌手團の「光る源氏」を喚起し、白秋は青春の東に對する西にして、かつ北原白秋。言葉を前提としての三夕の秋と自我の背反。あるいは立原道造の拾遺詩篇中の夕菅幻想等、作者の美學を反映してゐる。

電氣店のカタログにも人間の五臓六腑が、一つ一千萬圓見當で登錄される日が來ぬとは限るまい。晶子・茂吉は短歌史の列傳、人波は活字か。幸福恐怖症候群にも秀作幾つか。レオポールド・ブルームの日は一九〇四年六月十六日。惡死者《バッドデッド》の促濁昔、銃《ガン》と癌《がん》との撥音をそらみつ大和も亡びに向ふだらう。

取替可能部品一覧電気店より届く封筒の重たさ　「弾ける」

与謝野晶子　斎藤茂吉　名前だけ知る人波をとほくより見て　同

しあはせの幾通りもの壊し方描きつつ風辛夷を散らす　「抒情食卓」

父の日とブルームの日と重なりてひとひ濡れたる青空の色　同

やまとまほろば促濁音と撥音の加速度に散り散る桜なり　「一匙KISS」

「ガリア戦記」閉ぢてこころにまたひとつ抱へ込む世界史とその地図　同

愛しき五月続くあひだは汨羅てふ異国を胸に飼ふつもりなり　「私はゐない」

桜橋まで義理人情を買ひにゆく横顔を刺す夕陽　うるさい　同

ゆふぐれは紫紺の空へわたくしが散るばかりなる更紗木蓮　「夢閉ぢよ」

欠皿紅皿母は不在の日曜日鉢かづき玻璃玻璃と割るなり　「玻璃」

ユリウス・カエサルのために地圖を塗り變へるなら本望。末の松山も異國ならば汨羅も異國、招き寄せて、入水《じゅすい》用基地にするも一興。老松町も梅が枝町も消えて櫻橋は橋桁が崩れた。菅原組の若親分も左前である。詩魂の空に散る今更の更紗木蓮の紫、繼子苛《いぢ》めどころか、短歌なる義母は俳句なる義兄弟を義絶した。

　近代文學に基地をおいてゐる作者は、ジョイス讀まぬ歌詠みは遺恨と、八方に探美のアンテナを張りめぐらし、今一つの新しい宇宙を、言葉の城館を造らうと身構へつつ、のどかに微笑してゐる。期して待たう。

一九九二年大陰暦霜月十七日望月

あとがき

1987年4月には私が生きてきた時の中でもとびきりの幸運が待っていた。

なにしろ短歌と「塚本邦雄」にほぼ同時に出会えたのだからすごい！　そして定型というものはあらかじめ与えられた物ではなくみずから作り出すものだという事と、短歌への言葉への情熱の持ち方を教えられ、私と短歌との関係がはじまる。

さらに1991年7月には第34回「短歌研究新人賞」受賞、というまたまたとびきりの幸運が舞い込んで来た。各先生の短評は好意的なものでとてもうれしかった。けれど今回はよろこんでばかりもいられない。賞を貰うということにはそれなりの義務と責任が付いてくる。あの時はよかったけれども……じゃあ困ってしまうのだ。ひたすら自分の力を信じて努力（このごろとてもこの言葉が好きだったりする）の日々。（を送りたいと思っている）。

この五年間、私にこんなにも情熱が残されていたのかしらと不思議に思うほどに私は歌に溺れ、その歳月がこの歌集の三百首となったわけだ。一冊の本にまとめるための歌選びからはじめて加筆訂正再構成でことしの夏はすぎ秋が来た頃ようやく終わった。が、本当は終わってほしくなんかなかった。もういちど歌をはじめた頃にもどりこういう事が言いたかったのだからと直すのはとても楽しかったから。もう二度とこんな季節が巡って来ることはないとわかっていたから。この歌集を読んで楽しかったと言ってもらえればうれしい。

構成はほぼ逆年順で主に受賞作以前のものに加筆訂正未発表作を加えた。

最初からずっと私の歌を見守り、様々な助言を惜しみなく与えて下さり、こんなに賞めてもらったらこの後よっぽどがんばらなくっちゃいけないと思ってしまうような解題を書いてくださった塚本先生、出版に力を尽くしていただいた政田岑生氏、もちろん私よりもすぐれた「玲瓏」の先輩と友達、私の歌を取り上げ批評してくださった方々、そしてこの本を読んでくれた人へ。

ありがとうございました。そしてこれからもよろしく！

尾崎まゆみ

１９９２年11月30日

『真珠鎖骨』（全篇）

声のよろこび

半旗ひるがへる神戸の片隅に誕生日迎ふる
はせつなし

足音は海のひびきの居留地と言葉は楔のや
うにはまつて

牡丹雪粉雪はだれ息つめて見つめられたい
わづか一瞬

水のよろこび日日の流れの畔《ほとり》にはひたすら
立つてゐるほかはない

心が痛いともしびの溶けさうな消えさうな
祈りの時をなぞれば

追憶をたもちつづける桜木は明石町路地裏
の出口に

ひかりたゆたひの阪急神戸線ひそやかに声
つながれてゆく

涙の日《ラクリモサ》

寄せかへす鎮魂曲《レクイエム》から立ちあがる人の言葉
はあくまで甘い

ケーニヒス・クローネ前の大蓋木さざめく
は鳥影と思ひて

誕生日時のながれの交差点千の祈りをとほ
りぬけたり

空の沈黙地上に墜ちていちめんの照葉いの
ちを還すまぶしさ

待てばきはだつ光の速さにはたづみ映すち
ひさな空を渉れば

飾り窓《ショーウインドー》映る更地に一月のひかり来たりて
耳につめたい

鞄の底にひとりぼっちの金色の林檎をにぎ
りしめたてのひら

空が消えさうな思ひに焦がれても鳥はひく
く空を横切り

うしろより来る足音に考へるときの仕草を
掠めとられつ

しらじらとビルの隙間の空白に思ひふりつむやうな真昼間

足は細身の細綾織綿布《ジーンズ》の中歩くたび絶えずはかなく壊されてゐる

街を閉ぢこめた光のみづうみのゆらめきに影ひとつ残れり

北野坂表通りにはみだした絶望を見られてはいけない

涙ひとしづくの水のよろこびで出来てゐるこのからだの形

目をみはる透明な歌かなしみのやうな光がこころにたまる

泣きたいなんて思ふけれども水たまり流れる空に青が弾けて

光に沈むふかくあたしを際立たせ空に震へるこころ一瞬

けざやかな冬のひかりの表面の薄氷踏めば世界は割れる

時をふりかへる水仙しんしんと咲《ひら》く純粋無垢であること

狂詩曲《ラプソディー》帰りきたりて黄昏に踏みこむ刹那影
をうしなふ

天上の花

青空にひくく浮かべる三日月の影あやふさ
の残る気持と
映しあふまなざしに咲く天上の花といふ名
の雪を見つめて

少女のままでゐたい心のかたくなに蛹から
まだ羽化せぬおまへ
言葉こそ揺れるこころの照りかへし時にわ
たしはまた試されて
たましひの散る花びらのしんしんと記憶を
握りしめてたたずむ

連翹

牡丹雪溶けてまどろむ春までの膨らむ時を
罠に見立てて

雨に踏みこむ連翹の黄のほほゑみの映ろふ
はにはたづみ重たく

目覚めには雨だれの音水くぐるひらく人魚
のつぶやきの未知

残酷な四月桜の虫喰ひのこのむなしさの縁
を歩めば

あらかじめ雨に託した行末に花びらの闇育
ちはじめて

純粋を霞ませてゐる桜花その爛漫のすきと
ほる音

ふつふつと桜吹雪のささやきの言葉こころ
は閉ぢられてゐる

辛夷握りしめて開いた空間に雨降りしきる
やうな一日

桜花浮かぶ記憶の生田川ゆふやみのてのひ
らがかぶさる

眠れない雑音《ノイズ》の中の沈黙にうすく瞼の閉ぢ
め震へて

これ以上こころさわだつ感情の雨を拒否す
る　連翹の黄

朝を割る

朝を割る卵いのちの愛しさのはつはつから
だ線をめぐれば

せつなさの眼をして心さみどりの緑花野菜《ブロッコリー》
はやはらかくある

缶詰の鰯油漬《オイルサーディン》こじ開けて脂たゆたふ春を煮
詰めて

葡萄麺麭意味の無意味をざつくりと乳酪《バター》ひ
とかけ溶けるまで待つ

食物連鎖うぐひす豆のふつふつとけぶれる
雨のなかの休日

濃い透明な緑《ヴィリジアン》

水のにほひを指にからめて濃い透明な緑《ヴィリジアン》色
鉛筆を塗れば季節は

フロプシイ　モプシイ　レタス洗面器水に
いのちの一部が濡れる

＊フロプシイ　モプシイ
共に『ピーターラビット』に登場する兎の名前

少女にも気持があれば泡立てて絹焼菓子《シフォンケーキ》を
ふうはりと焼く

緑甘さうな五月の空に閉ぢこめた日差しは
折れやすいから

絹焼菓子《シフォンケーキ》に生命の意図をさつくりと小刀《ナイフ》斜
めに刺しとほす指

赤い自転車転がす五月少女にはこころ育む
くちびるがいる

珠をだく鎖骨のくぼみ現在をおくれて照ら
す星をあつめて

愛しさに食べられぬ実は桜桃《さくらんぼう》花のすべてに
口を噤む

時の足首

目覚めの顔を洗ふあたしのみづたまり光る
悪魔が足元にゐる

鏡面に育つ緑の伸びすぎた髪に憂ひの霧《ミスト》つ
めたく

羽根を描く色鉛筆の黄緑の蕊やはらかな紙
のくびれに

待つことの目覚めを運ぶ柑橘のかをりみま
がふ茉莉花《ジャスミン》の腕

言葉に抱いてゐて欲しいのに紋黄蝶葉翳は
ばたきながら横切り

美女桜《バーベナ》星のほほゑみ春の雨あがり空が捲《めく》れ
たあとの世界へ

若葉ゆらめきの五月のまぶしさに刹那ひら
めく時の足首

二本の足に日差しをあてて焼き上げた
捻り焼菓子《ツイストパイ》を口に運べば

薔薇に津波が来て崩されて一時間ひらく記
憶のあざらかな指

チャイコフスキー協奏曲の結び目が解ける
やうに髪をほどいて

まだ牡丹一華《アネモネ》の瞳にのこる欲望に逢へば葉
脈ばかりが残る

揺する花束

あざらかに咲《ひら》く五月のみどり児が時の境界
線を越えたり

伸びすぎた新緑の芽の重たさに焦れて潰し
てみたい心は

薔薇を踏むあやふく皐月さみだれの闇ささ
やきの縁を歩けば

月にからだをもてあます指くきやかに匂ふ
花束色の水音

くちびるを押しかへす指いらだちに夢はゆ
つくり錆びついてゆく

左に曲がる飾り窓《ショーウインドー》過ぎる影達の背中の熱が
残され

めくらましからだに纏ふ濃い透明な《ヴィリジアン》緑色の
芽吹きの少女あるいは

花びらが零れつづけるたゆたひの今を切り
とるやうに溺れて

揺する花束午睡の夢の束の間にひねってし
まふ左足首

空気触れあへば膨らむ花束の浅い眠りをあ
けて硝子杯《グラス》へ

朱色《あけいろ》の雛罌粟の花びらの位置腰のあたりに
すこし足りない

このやうに暮れてゆく日の流し目の甘さ瞳
の縁にたたへて

樹は花と異なる夢をふるふると紫牡丹の闇
ひらきそめたる

さみだれ髪の乱れ一瞬透きとほるけざやか
にただなぞる指先

五月の夜に指を埋めて発芽するほのかな月
の言葉触れたり

息のてのひら

くれなゐに包みこまれつ真昼間に薔薇の芽をやはらかく開けば

銀梅花《ミルテ》みひらくまでの眠りのにはたづみ小さな空が弾き出されて

雨あがり黄花秋桜《キバナコスモス》たちまちにおほきな傘を閉ぢて歩めり

またひとつ言葉にくるむ表情とほのかな果物のにほひと

新緑がたわむかたちのささやきの息のてのひら髪にとどめる

一葉の葉書の言葉ひらがなの線に心はほどかれてゆく

栄養補助剤《サプリメント》舌にとろけるときめきの日日うちかはすやうな旋律《メロディー》

晒し粉《カルキ》の香みづの流れの右耳のピアスの穴の縁の匂へば

乾酪卵白焼菓子《チーズスフレ》のやはらかな内側にある甘させつなさ人と向きあふ

みづうみに映るあをぞら切札の薔薇はゆつ
くり咲《ひら》きはじめて

栄町どほり日差しがふうはりと大盞木の蕊
に降りたつ

ふたたび生まれかはる知らせを耳許に唇《くちびる》を
押しあててさやさや

天の川《ミルキー・ウェー》閃くひかりつぶやきは零れるばか
り握りしめても

ひやひやと果物の香のまだ青くたゆたふは
七月のみづおと

素足の尖り

赤一色の舞踏靴《パンプス》の夏くきやかに感情線の縁
にほひたつ

左右がちがふながさ両手の指先を染める真
昼の和蘭文目《グラジオラス》と

空白が燃える真昼のかげろふの棒状口紅《リップスティック》た
つぷりと塗る

陽炎にゆらめきてゐるあの夏の素足の尖り
ときどき痛い

真夏日を泳ぎつかれた袖無胴衣《キャミソール》熱奪はれる
ままに吊され

模様を創る神の足跡半ぴれのファックス用
紙逝きしと届く

夏衣すべり落ちたる玉葱のうすい輪切りを
水にさらす

今宵蛾を殺してみたいその開く羽根を花び
ら型につぶして

受けいれるあとの世界のゆふまぐれかがよ
ふ螢一匹の闇

素足に靴をはく蟋蟀を踏みつぶす九月の朝
は完璧である

心啄《ついば》む

鎖骨には真玉あらたま玉の緒を貫きとほす
こころあるいは

指の先さはる言葉の連なりに傷んでしまふ
くちびるのため

くれはとりあやむるまでの真昼間を歩けば熱き足首に逢ふ

逝きたるは人のほほゑみ水滴が瞼の縁をあふれつづけて

真昼間を墜ちる雫のわたくしを映す木槿のあざらかな顔

逢へばもう見えぬ翳あり輪郭にからだ重ねるやうな青空

酸漿《ほほづき》の実をひるがへし裏がへす食べられぬ身のうちのひびきに

あらはに心啄む夢のふかさから人の気配の不意に顕ちたる

こころなどここにはあらずゆふまぐれ曙杉《メタセコイア》の線が滲めば

鴫野からはじまる雨に傘の足首は取られて拡げられたる

水鳥の水の羽音のみなそこのたとへば心などはあやふし

睡りの淵をめぐるささやき足音は来たりて頬を打ち返したり

篠突く雨の気配あるいは耳鳴りの音立ちあがる夜半に目覚めて

乳白の闇といふなるやはらかさ人の水玉型のたましひ

深く不在が沈むみづうみしんしんと白露の紛れゆきたる先

硬質の秋

鴻池新田前の大銀杏樹《おほいちやう》小鳥をいだきすぎて金色

頬にかかるひかり目覚めの硬質の薄刈萱秋のもろさに

一区画さきのあるいはすれ違ふ秋衣にはふたつ目がある

ひかり閃きすぎる銀杏《ぎんなん》また一羽小鳥逃れて来たる囀り

銀蜻蜓《ぎんやんま》すきとほる銀色の手のきらら光のなかを秋風

金色の実のくらやみに銀杏に雀すずめのむれは揺らぎぬ

鳥墜ちて午後の日差しに伸びあがる影いらだちに包みこまれつ

鳳仙花はぜる実りのたはやすくささら空気のしみとほる音

取り返しのつかぬひびありゆふつかた鳥毛立女の影の目覚めに

露の言葉かと見まがふ蜩《ひぐらし》の翅とめどなく空にふるへて

西王母やはらかな花びらに閉ぢられた祈りのくちびるを開《あ》く

ラメの星屑

中山手篠懸の樹は殺されて傷口に瀝青《アスファルト》残れり

網膜が冷ゆる冬陽に映しあふ死をかたくなに拒む心を

大空に次第に弱く《デクレッシェンド》羽根墜ちてひとひらのその広幅六花

電気装飾《イルミネーション》地上を照らす冷たさの播磨町土踏まず歩めば

海岸線星のまたたく真冬日の底に尖りてゐたる翼は

目の中を歩く少年ゆふやみの電気装飾《イルミネーション》などと見まがふ

米利堅《メリケン》波止場見開く瞳ひとつづつ闇へ落とさぬやうにとどめて

マニキュアのラメの星屑大空の声が地上に降りかかりくる

白熱灯群鈴蘭《オンシジウム》の金色をふちに飾れり聖夜晩餐

販売機硬貨あがなふミルクティー押し開かれて喉を潤す

時のためらひ

街の香を深くからだにユーハイムコンフェクトまた歩きはじめて

「晴れたる青空」の旋律《メロディー》正午にはホームに響きわたる神戸へ

せつなさは指の先まで一枚の大気の流れつつみこまれつ

たましひの繭ごもりなる粉雪の吸はるるは瀝青《アスファルト》冷たく

粉雪にきーんと痛いつめたさとデリカテッセン前を横切り

時のためらひ雲井通の底なしのそこの青空閉ぢられてゐる

ただ声に浮かぶ真実在ることと現はるること硝子隔てて

この空の下に私があることの不可思議に中指が触れたり

透きとほる

はれやかに眉を開きて立ち止まるなだらかな青みづのこころは
鴇色の羽根のやうなるやはらかさふかくゐくぼのてのひらに声
こころ閉ぢられた鼓動のくれなゐのからだ流れる音は甘くて
たましひは睦月すりぬけ鯉川筋時にたたずむ人を追ひぬく
透きとほるけはひ追憶つめたさに流れつくやうに愛しい月

まなざしの無垢

微細な胚珠ひかりの春に鳥たちのまなざしの無垢育ちはじめて
眼蓋《まなぶた》を閉ぢてあぢはふ沈黙に咲く花びらのやうな眩しさ

ぽつかりとひだまりの熱とりあへず生きる
こころのなかに開けば

鳥は羽撃きながらとどまるゆるやかにから
だに纏ふ雨の匂ひに

すべり続ける時間をくるむわたくしの皮膚
の不可思議見入つてしまふ

ため息はほのかに白く感音性ピアスはばた
く刹那光れり

ひかり睫にとどめた後《あと》のくれなゐのやうな
言葉のひとつほどけて

真昼間の吐息まどろみしみとほるひかりく
ちびる開かれてある

眼の愛撫

フェルメール描くひかりにめぐり逢ふその
一瞬のため息の揺れ

ほほゑみの不意に少女はあどけなく見つめ
るわたくしの瞳を

眼の愛撫　ひかり閃くまなざしの天秤を持
つ指を支へる

くちびるはわづかに開く表情に今が零れる
やうな体温

胸に抱きよせてリュートをさぐる手に運命
の音響き来たりぬ

永遠《とは》が捲《めく》れる

花びらがじーんと熱いてのひらに握りつぶ
した歳月のこと

エデト酸パラペン夢の残像の期限をのばす
ために潜めば

うすく引きのばす時間に落下する硝子杯《グラス》の
縁の一滴の水

ひざし揺れすぎてよぎらむ睡蓮の漂ふみづ
うみのおもてに

いとしさのエヴィアン水を飲みほして真実深く眠るほほゑみ

日のひかりゆれて触れあふみづうみのみづの眠りに卵子生まれて

わたくしは草より早くたましひの影も残さず滅ぶけれども

かならずため息のひそかに髪にふりかかり左の耳をなぞらむ

ひかりやすらふ蕾さみどり閉ぢられてまだ揺れやすき夢のかたまり

みづの繋がりの甘さに蕊にそそられてしあはせ踏みつぶしたい

とけさうな言葉真昼間フラミンゴ踏みしだかれた花びらの傷

絵本には白雪姫のくちびるの冷たさがあり永遠《とは》が捲れる

目差したためらふ

卵子たちあふれるやうな痛みあり『沈黙の
春』の頁をめくる

さみしさにとろける乾酪《チーズ》さいはひの朝のに
ほひに指をひたせば

こころからほてるからだへ薔薇の芽と人差
し指が育ちはじめて

みづうみの水のにほひに揺れて潰されてた
ゆたふ花びらの色

目差したためらふやうな声あり搔き上げて指
のあひだを逃れゆきたり

ひやひやと水のかなしみさやさやと日差し
さからふ地下鉄の駅

ゆふまぐれひかり触れあふたまゆらにそら
おぼれする花の感情

水の眠りへとかへらむ泡の膨らみの崩れて
ひとひ終はれば

とめどなく流れる日日の水音に人差し指は
冷えてゆくなり

流れさうなたまご夜ふけの靄の水滴にけぶ
れる眉をそろへて

やはらかな音に記憶の声のせつなさに崩れ
る時の輪郭

にほひ崩れる

陽差しに座るときめきの溶けさうな揺れさ
うなからだの線を鎖せば

草を刈るにほひさみどりひざかりにいのち
汗ばむやうにきたれり

ひらひらと映る時間のつながりににほひ崩
れるマーマレードと

硝子越し見つめあふ花ばなの眼に揺すられ
てゐるみだら曖昧

てのひらが孵す卵の運命を食べるわたくし
とらはれてゐる

ありがてぬ甘さ口元サラダ菜を食べた兎の
首を押へて

新緑は草の匂のからだしめつける記憶のかなしみの檻

夢にぎりしめてかたくなみどり児の浅い眠りの三日月の傷

たまごの殻に包まれてゐる半分のいのちくびれに押し返される

さうさうあれは寂しさのこと夕暮に浮かぶからだの線をとらへて

こころはぐくむやうな手触りてのひらをかさねあはせて人は眠らむ

昼　月

青空の縫ひ目たゆたふ昼月に雨を見てきたやうな影あり

樹にあはく定家葛をからめたるこころほどけるやうな匂に

紋黄蝶そらに追はれて左から右へ流るる風にうかびつ

ゆるやかに纏ふひざしが硝子窓ひらくから響きあふわたくし

梔子の葉を芋虫のうらうらに食むさみどり
のさざめきにゐる

いろいろなかたちのおまへわたくしの中に
飼はれてさみしくはない

背中から縫ひ目ふくらみヴェラスケスなぞ
るやうなるてのひらのひら

やはらかくふかく香りをひとしづく時の花
びらこぼれさうなり

かさねて夕闇のふるへの熱にとけさうな天《ミル》
の河《キーウェイ》渡れば

声に組みこまれた音の表情の眠いのはこの
からだの一部

雨粒にたちまち時は奪はれて網状薄布《チュールレース》の薔
薇を編みつぐ

三美神

『三美神』　ルーベンス

花の中なる花響きあふ人生のなかほどに咲
くアモールフェティア

『鏡を見るウェヌス』　ヴェラスケス
水蜜桃まどろむウェヌス背中にはミカエル
の菱形が転がる

『ウェヌス・ヴェルティコルディア』　ロセッテイ
地上の愛あまやかにして触れあふはロセッ
ティ薔薇色の指先

水蜜桃

食べられぬ姫女苑《ひめぢよおん》から捩花《ねぢばな》へ夏のほとりの
日日を歩めば

マシュマロが溶ける体温てのひらにつつむ
心のしみが一ヶ所

髪搔きあげるしぐさ真昼間薔薇の目と映し
あふ花花の時間を

うぶ毛つつまれて震へるささやきの水蜜桃
がみづを弾いて

ゼリー震はせて一匙白桃の透けるからだの
熱を味はふ

愛しさに名前をつけて閉ぢこめる形には間
違ひが多くて

てのひらにつつむ卵の運命の音にわたしは
やはらかくなる

手首くびれに甘い未来にみどり児の涙が零
れさうな曇り日

花実を零すやうにけれどもやすらひの時が
秘かにわたくしを食む

眼の前のもうやはらかな夕闇のはじまりに
ある白身の卵

桃のかをりを剝けばからだのひとしづく甘
い言葉が指を濡らせり

眠れない外は驟雨の真夜中の熟れきつた果
物のにほひに

花びらを浮かべる水のたゆたひは閉ぢられ
てふたたびは開かず

愛しあふ記憶しんしん痛む日は声に名前を
いだき眠らむ

目《め》眩《まひ》

樹は人の午睡の夢の空白とささやきかはす一本の闇

きはやかに空を区切れば硝子窓たちまち真夏日は来たりて

揚羽蝶道ひらひらとひかり翳二つに切れてわたくしを越ゆ

真夏日のフラワーロード真実の死の青み差す土耳古《トルコ》桔梗へ

袖無上着《ノースリーヴ》の腕すれ違ふさざめきにからだ泡立つやうな殺意が

さしとほす人の弱さを葉桜の木洩れ日の刃は胸にいたくて

播磨町ビルの隙間の大盞木ペットボトルの青空を飲む

まだ声が届かぬ胸に折畳式小刀《バタフライナイフ》はつはつ巡る蜻蛉

シースルーエレベーターが真夏日をのぼる目眩の足をのこせり

うつつ移ろふ日差しをさけて楡の樹の翳に
からだは捉へられたる

すぐれて炎天下のひとみ魅入られて向日葵
号が運ぶ落日

嘆きの聖母像《ピエタ》のやうな後姿に夕焼を甘くが
んじがらめに移せば

空あざらかに摑む花火のてのひらが絡めと
られつ八月の闇

あきらかに異なる汗のにほひから人のから
だが立ち上がるなり

肌色の月

くれはとりふたたび逢はむ約束に綾取りの
鳥翳が浮かびつ

地の果てに沈むやうなる花帽子かぶりひざ
しの街を歩けば

天使がとほる沈黙のあと人のため白くかが
よふ嘘がくづれて

かさねてため息のこころにみづうみの水位
があがるやうな青空

金色の陽の揺らぎありをみなへしけふ息に
ひらきそめたること

人間の痛いこころの曖昧に火のにほひ
銀蜻蜓《ぎんやんま》ながるる

手首しめあげる時間の銀色がからだになじ
むまでの違和感

キスに振る塩の柱のひとかけらほどの白妙
こなごなにして

ふいに日差しのやうな会話がとぎれたるふ
くらはぎからなぞる指先

確実に死は赤蜻蛉《あきあかね》おとづれて黄の眩みゆく
精神の揺れ

このゆふべ映すスプーン一匙の塩もて引き
締める中指

爪の先白き傷みは三日目の月のひかりにあ
はく吸はるる

背中ゆきすぎてうなじに引かれあふ指先に
たまゆらのためらひ

生きてあるからだのためにさりさりと林檎
を食めり夜のしじまに

わたくしのことはむなしい銀色に裏返るこ
の声のゆらぎも

映ろふは肌色の月まなざしの意味やはらか
く声にひそめて

あまとぶや雁の羽音のきれぎれに溺れて奪
ひかへさむこころ

化粧ふ

いらだちをキラリしんしん化粧《けは》ふ眼に曼珠
沙華その蕊を重ねて

こなごなに硝子きらりと一面のかろきねた
みにかの子かぎろふ

楓《ふう》の樹はかくて紅《くれなゐ》かろやかにふかく染まり
ぬ踏みわけてゆ

軋むひかりに

闘争を見つめて卵子ほのぼのと水底にある
やうな一日

月の取つ手《ノブ》回すてのひらひらひらひらと
横断歩道《ゼブラゾーン》を揺れて横切り

三日月のくきやかな目の金色の日日にいろ
づく銀杏並木へ

いとしさのひびく鈴なり銀杏の皮開かれて
ゆふぐれはある

かたく閉ぢられたくれなゐくちびると睫ま
ぶたの出あふ曲線

月のひかりにきしむ言葉が濡れたまま凍る
菫の花束を買ふ

象形文字があふれる影にくちづけをしてみ
たくなるやうな心に

月は細身のひかり指先ひそやかに孔雀の羽
根をひろげて逢はむ

幻想《イリュージョン》

眉ゑがく軌跡指先真夜中の電気装飾《イルミネーション》あつく
焦がれて

耳燃えやすく触れる指先体温に冬うるはし
く潤むやうなる

せつなさの滲みる記憶に暗闇にたましひの
色浮かぶ時刻に

世紀待ちわびて燃えたつわたくしの身をし
んしんと冷たさが抱く

明石海峡大橋《パールブリッジ》繋ぐてのひら光りあふあああや
はらかな時のかたまり

つらぬきとほす火のゆらめきの金色に新世
紀開かるる一瞬

子午線の記憶啄むひかりゆきすぎて祈りの
てのひらに射す

花火触れあへば浮きたつ生きてあるそのよ
ろこびのくきやかに冬

クローン

神の手を不意に思ひぬ　食べられるための
クローン太りつつある

すべて同じからだと言ふはあどけなくけれ
どもその魂《たましひ》はどこ

死はすでに刷り込まれたる冬空にひらく花
火のやうな爛漫

マザー記憶の海にたゆたふ切なさにからだ
からまた目覚めはじめて

冷たく引きしめる真夜中世界にはまだ知ら
れざる夢の断片

亜麻仁油麻布《リノリュウム》

すばるすぼめる天のゆふやみ片隅に飾らむ
日日のあやふさの星

もろくも崩れ落ちたる骨の痛みにはその一
本の闇がさゆらぐ

生田川橋を渡ればむき出しのこころが冷え
るやうな気がして

手をつなぐ　舟状骨の罅割れにきしみたる
白妙の透きたる

人は凶器のごとし流るるゆふまぐれ
石膏《ギプス》包帯のままに横断歩道《ゼブラゾーン》に

風邪の熱巡るからだは明らかにほつれさう
なり縫ひ目熱くて

亜麻仁油麻布《リノリュウム》床に二三度ためらひのかそか
ひそかに足首の揺れ

めくらまし白梅の香の唐突にからだへと染
みとほる昨日が

風切羽浮かぶ違和感濾過性病原体《ウイルス》の指はわ
たしのからださいなむ

菌を殺してゐるのがわかるセファム系錠剤
を嚥むみづのひびきと

冷たく足元の水滴ひかりあふ逢魔が時に逢
ひてしまへり

かんふらん

樹と一体となるなどこはいことを言ふ連翹
の黄の蕾汗ばむ

親指と人差し指に発芽する菜の花の黄《きぃ》の声
を開いて

水占《みなうら》のみづの匂と菜の花の折口信夫人間の
こと

春はあけぼののそのいとしさの水脈に流れた
ゆたふ卵立たせて

三月《さんぐわつ》雛の月の流し目さりげなく少女なる親
知らず身籠もる

すきとほる思ひの蕊の涙骨に触れてあふる
るやうに眩《めくら》む

みどり児の握りしめたるてのひらにほとほ
といのちなるはうるはし

こころ鎖されて真昼間菜の花の余母都比羅《よもつひら》
佐可《さか》春へ帰らな

おしてるや灘区流るる都賀川の　日日から
だから落ちてゆくなり

春蘭の蕾ふくらむ花冷えに冴ゆるグラスの縁の感触

うすく瞼を閉ぢるやうなる横顔にひかりあり花びらと見まがふ

黄のいのち揺する蓋付硝子皿《シャーレ》に発芽するゆめ遺伝子の夢わすれざる

若菜摘む透き見のくだり山吹の黄のあざらかに春は零れて

こころ擦りむいて青空なかぞらに潜ませてゆく挽歌一首は

からだの中の白い部分にわたくしの母眠るらむ眩しくてある

靴をはく舟状骨といふ部分桜目覚めのときをあゆめり

かんふらんはるたいてんや観覧車融ける花束色の夕焼

＊かんふらんはるたいてんや――『松の葉』唐人歌

伸びをする大島桜緩慢にいのち震への熱を語らむ

約　束

桜花にほふ四月の電車には世界は花と過ぎる窓ある

せつな不可思議な記憶に透きとほる桜目覚めの線をたどれば

くちびるにふふむ言葉のさにづらふ桜さくらの声に焦がれて

母に逢ふ約束の指切りの花びらのひらめく駅へ降りたつ

桜花溶けるこころのたはやすくほほゑみかへすくちびるの色

わづかわたくし背丈を越ゆるゆらめきのひかり水底桜並木へ

左腕ふれる四月のひと枝の桜手折りてしまふこころは

さくらふぶきに守られてゐる母のため息の眠れる雑司ヶ谷まで

ひかり溶けさうな真昼間しなやかに立ちあがる顋からの曲線

時の流れを愛しすぎたるみづうみをふかく
湛へて桜見つむる

さくら花はみだしてゐる母を眠らせて記憶
を閉ぢたロッカー

静物の器《うつは》ふれあふ骨の白妙のかそかに刹那
ひからむ

しーんと足音は吸はるる十三区二十八番母
に逢ふなり

たわむ空気のよぢれ傾き桜花手とほす闇は
やはらかくある

逢へばほどけるかそか触れあふ眼差しにけ
ぶれるは耳たぶの熱さと

桜いのちの熱響きあふ体温に開きつづける
やうなゆふぐれ

時の甘さを味はふやうにたましひは桜並木
の熱を漂ふ

花びらにあてて指先ひびきあふ桜いのちを
纏ふからだと

てのひらの掬ふさくらのひと摑みゆふやみ
は花びらに吸はれて

死がわたくしを掠めとるまで空の青、ひらめく星にかへるのは嫌

春のゆび

潮の香に逢はむとひかり束ねたるやはらかな藍色に繋がる

明石海峡波はまどろむ春のゆび目覚めては開かれてかたちに

さにつらふ少女揺らぎのほほゑみの冴ゆるくれなゐ満ちてゆくなり

おそらく骨のひとつひかれりアルバムに母ありて花びらの歳月

姿映されて扉は閉ぢられてすれ違ふなり上り電車に

いさなとるしまなみ海道桟橋にさびしく見えし父母のこと

多多羅《たたら》橋かなめあやふく燧灘《ひうちなだ》　虹は地上を揺するまである

愛しい媛に逢ふこころさへ溶けさうなやはらかな追憶の海鳴り

鈴のさやふる

花衣ぬぐや蛇口に「帰り水」みづにゆらめくため息は母

こころ揺れすぎて花の名翳を追ふ紋黄蝶しみとほる光に

海峡をかつて渡りし母あれば花のかをりのやうに引かるる

防人の歌望郷といふ海を越えたり声の中にやさしく

壇ノ浦沈むさやふる太刀の緒に骨の砂白妙がかぶさる

栴檀の薄紫のとめどなくけぶれる雨のうしろ姿に

雨のにほひに曇る硝子戸横顔にその面影の母を待たせて

たはやすく鎮めかねたる内側にこもるやうなる声のゆらぎは

爛漫の茉莉花の香のつめたさを棘ある魚のやうに泳ぎつ

神鳴りの来たるゆふべにくだかるる小鳥啄《ついば》むほどのさみしさ

胡蝶花《しゃが》のはな薄紫のたまゆらに酢は立てりすずやかに歩まむ

なほこころ開くゆふやみ青空をいだきて帰る人のこころに

ぬばたまの小倉鍛冶町一丁目鈴のさやふる音へ還らな

茉莉花のあらはこころの輪郭にあはく燿ふ母はありたり

かそか匂ひは

蜥蜴やはらかく白妙朝を着て浴槽《バスタブ》の上潤みてゐたる

打ちあはす水の器の紫陽花のみづの流れる
茎のからつぽ

白雨へとむかふ電車の箱のなか風雅和歌集
開きまどろむ

背骨から鎖骨肋骨胎盤をくるむ縫ひ目をま
た引きしめて

神戸線ゆるに雨降る紫の人の吐息のかそか
匂ひは

あしたまで雨は止まない天気予報しなふ言
葉はつひに聞こえず

蜥蜴またわたくしに逢ふ雨上がり足すべら
かな壁を伝ひて

されどまた日日のひびわれ恙なく綴ぢて右
京大夫に移る

月蝕

たたずむは南京櫨《なんきんはぜ》のつぶらみの元町駅へぬ
ける青空

ざわめきのプラットホーム風切り羽雀巣立ちの風をはらみて

揚羽蝶さなぎ葉翳にやすらふは愛し目覚めを忘れはてたる

玉葛なかをよぎれる常夏の影のくれなゐ横顔に染む

地上波に捕らはれてゐる夕焼にわたくしがあざらかに軋めば

生田川渡る電車に夕焼のかひな眩しく刺しとほさるる

ゆすり蚊のあはあはと飛ぶゆふまぐれ夏の心となりて息つぐ

熱く月蝕海岸線に立ちすくむ身八口から差し入るるなり

みみたぶにさやるささやきさやさやと遠ざかりゆく花火撃たれて

宵宵の夢のたましひ七月の熱き地上に母はきたれり

虹

蘭鋳の尾がゆきすぎてうるさしと真夏日の逃げ水に声あり

環状線焦り焦りめぐる天王寺路線乗換口の竜胆

ひかりこそ花のうつしみしらしらと映しあふ百日紅しろたへ

帆柱とたつてゐるあの夏の日の面影がありあはくさいなむ

命綱ビルの壁面一人《いちにん》が垂直にのびあがるひざかり

黒揚羽《くろあげは》放物線に鳴る風をゆきすぎて夏空に墜ちたる

渇水期しづかに揺する八月の大空の手をのがれられない

油照り歩道ゆらめく硝子戸にピアノ一台隔てられたり

めまひ唐突によぎらむ炎天下その精神の揺れがせつなし

感覚器切りさく白い空間にくれなゐの
百合車《グロリオーサ》うかびつ

いのちとはたとへば空の繋がりの果てしな
く閉ぢられた円環

ひとひらのいのち揺らぎの熱を持つ細き管
しめあげるくれなゐ

管《チューブ》までにじむ血潮に冥き意思たゆたふはう
つしみと思ひて

青空にうすく三日月吸はれては残りたる半
身の透明

茄子紺に眩《くら》む地上の指先が硝子のむかうが
はを触れたり

群青を嫌ひぬきたる青空に時を見てゐるや
うな違和感

稲妻がてのひらを刺しとほす夢醒めて感情
線を横切り

驟雨一瞬のひらめき横顔に映しあふなり人
のいらだち

水に文字とどむるなかれちりぢりに雨が崩
れるやうに泡立つ

雨足を絶えず砕きてみづからの水を味はふ
わたくしの揺れ

傘をひらきたるかひなに精神の暗闇はあり
ふいにひかりて

歌は身をひさぐこころと雨は過ぎ夕焼は樹
をうつくしくする

この夕べありたかりしをホームへとのぼる
夕焼空の熱さと

虹立つはやはらかな八月の雨上がり環状線
の内側

きしむ感覚

火に揺すられてかそか祈りの結界をよぎら
む夾竹桃の八月

やはらかな痛みをいだく朝顔の捻れ尖りの
開くやうなる

足にじーんと蛹めざめの翅を開かむと空気
がきしむ感覚

ああ声にとらはれてゐる噴水の泡だつ時の
壁にもたれて

向日葵の種をついばむ嘴の痕　唐突にたましひは見ゆ

はばたきのたびにひかりを青空に滲ませて黄揚羽《きあげは》蝶のほころび

擦りむいたふくらはぎからしんしんと染みるひかりの粒が痛くて

声に呼び止められてわたくし怒りまた潰しやさしくあらむ心は

待つことの犇めきてある向日葵の逢はで焦がるるやうな燃え方

逝く感情は空へ返さむ酔芙蓉ひざかりに紅に縮れてゆく

呼び出し音つづく街角夕顔の花しろたへに見つめられても

日はかへらなむ夕陽わたくしゆふまぐれこの一滴の水のしづくに

うしろに揺れる欲望の手にのせられていのち刹那を渉《わた》る足首

一杯の水を飲みほす真夏日のその揺らぎからからだ目覚めよ

夕暮の骨

さみしさを懐に抱く一本の父の揺らぎとひびきあふ樅

虹彩をしぼる日差しのビル街の迷路溺るるやうにあゆめば

さにづらふ頬にほほゑみくれなゐを閉ぢこめて一面の秋風

六甲道すぎて背高泡立草歳月が泣くやうな気がする

女郎花《をみなへし》尾花《をばな》撫子《なでしこ》濯がるるうつしみにしみとほる銀色

松の葉の細き葉を踏む瀝青《アスファルト》うすく地上に尖りてゐたる

紅葉燃えすぎて痛しといふ声を楓並木の一本が抱く

日のひかりあらは欅の電飾に羽交ひじめなる皮膚のつめたさ

こころ夕焼にひらけば左腕ほらわたくしの骨がきしめり

ゆふまぐれ流れて卵子ひとつぶは神戸市営
バスに揺られて

紅葉散るたわむつめたさ左手はずるい手袋
はめてかへらな

うつしみに星のひかりを神無月ため息の白
妙のふるふる

風はかなしみに似てゐる硝子窓隔てて人の
こころ啄む

辛き地上に繋ぐいのちのひそやかに染みと
ほるなり夕暮の骨

夜にたたずむ柳一樹のやさしさをめぐり夢《ゆめ》
前川《さきがは》は流れて

奔馬忌といふ清明な秋の日に思ひ尖りてゐ
たるヘアピン

六《りく》　花《くわ》

大空にはかな沫雪いだかれて見つめあふた
め息のせつなに

人はあまやかに崩れる連綿とこころ斑《はだら》のやうに淡雪

零下の空をきる清浄といふ言葉しろく真昼の雪にうかびぬ

呼ぶ声のひそかみづうみ響きあふたましひといふ白きかたまり

人生は感じるものと一月の陽のつめたさのわづか明るむ

あはく開かれて還らむ空の真青なるひかりへ雪の結晶

気象衛星尖りてゐたる暗闇に響きあふこころとは何なる

釉《いう》 薬《やく》

ああわと森羅万象くちびるに生《あ》るる泡だつ熱の花花

眼をあはす上目遣ひにみつめあふ真昼間の白鷺と水路に

こころ閃《ひら》めくに蛇口へ左手をあてて味はふ
水のふたしか

中心をほそく穿《うが》たれひとつぶの真珠鎖骨の
縁に転がる

反り撓《しな》ふゆるく撓《たわ》むに振りかへる白妙のそ
のほそき首筋

青磁いだかれてまどろむ釉薬《いうやく》にとろける鉄
の意思の微妙に

ゆるやかに鷺夕焼に締められて匂ふくれな
ゐいろの輪郭

血のひと筋は甘し指先吸ふときの痛みあり
ひめやかに包まむ

＊

復活祭《イースター》まづ男の死より始まるといもうと
が完膚なきまで粧《けは》ふ

塚本邦雄『綠色研究』

完膚なきまで

復活祭《イースター》美《は》しきことばと春の日のうらうら雲
雀空に呼ばれつ

まづ描く**男**ゐまふに弓なりの眉刷《は》くは声あ
はく殺して
くちびるに紅《べに》差すうしろ新緑**の死**の重たさ
に見つめられたり
体温といふ**より**も熱目蓋《まなぶた》のうすく血潮の色
に滲むは
始まりはしづかにをは**る**鏡面に粧《けは》ふひとみ
を映しあふとき
瓔珞《やうらく》は眼の涙壺鳴るやうに星屑をさらさら
としづめて

蝶の燃えな**が**ら崩れるよろこびに潤みたる
横顔の**いもうと**
やるせなく**完膚**《くわんぷ》**なきまで粧**《けは》**ふ**指春昼《しゆんちう》こころ
絞りだされる
をみなへし**ざ**うにかざらむ**き**のほのほ**ま**
つことの**ゆ**ゐよしを**み**つめよ

塚本邦雄『詞花芳名帖』

あとがき

春の嵐のあと、零れた桜と白木蓮の花びらの明るく無惨に散り敷く日に、この歌集の初校を終えました。

この五年間も、様々な波が相変わらずよせてはかえす波乱含みの世相。あるいは私を取り巻く状況のなかで、かなり難しい問題が、つぎつぎにふりかかってきてしまうというなかなか厳しい状態にありました。が、私自身に関して言えば、二四年前の春発病しその夏の初めに慌ただしく逝ってしまった母の年齢に、二〇〇三年つまり今年追いついてしまうということだけを常に心の、あるいはからだのどこかで感じつづけ、そのことに拘りつづけていることのできた、ある意味では平穏な時期でもありました。母とは娘にとって特別な存在。ことに二十代の初め、その急激な病状の進行によって、心の準備もできないままに母の現し身との別れというものを迎えさせられてしまった私にとってその出来事によってもたらされた衝撃は激しく、いつまでも昨日のことのように鮮明に残る痛みでありつづけています。

私の人生の一つの目標であった二〇〇三年を生きる私と、辛い時代だけを生きて逝ってしまったように娘からは見えた母のために。そんなことを考えながらこの歌集を編む過程のなかで、私が難しい時期をなんとか乗り越えられたのは、私の中の母の骨が支えてくれたからではないかということに思いいたりました。題名の「真珠鎖骨」という言葉は、そのような思いもこめて選びました。

この歌集は一九九八年から二〇〇三年春までに発表した作品に、未発表作を加えて構成しました。『微熱海域』『酸っぱい月』に続く私の第三歌集となります。この時期は「淀川歌会」で「玲瓏」以外の方とも短歌について考えることのできたうれしい季節ともかさなります。この間作品発表の機会を与えて下さった編集者の方々に改めてお礼申し上げます。

栞文をご執筆くださった、篠弘様、栗木京子様、小島ゆかり様、酒井佐忠様、原子朗様。皆様お忙しいのに本当にありがとうございました。深くお礼申し上げます。

今回の歌集は、私の巣立ちの場所である短歌研究社からの出版となりました。装幀の間村俊一様、制作にご助力いただいた塚本青史様、ありがとうございました。

出版を快くお引き受けくださり、様々なご助言をいただいた押田晶子様に深謝いたします。

五月八日

尾崎まゆみ

歌論・エッセイ

抒情の水脈——山中智恵子ノート

プロローグ

『空間格子』を上梓した年の夏、山中智恵子は、不動工房の寄せ書きの言葉に「形こそわが心」を選んだと『椿の岸から』の一文に、記している。形から入る短歌という器こそ、わが心を託すにふさわしいと、思ったのだろう。形の中で、山中の心は自在の翼を得たのではないか。山中智恵子の全歌集を読みとおすかなり困難な作業を始めたころ、この言葉に接した私は、ひそかに考えた。

　形とは、短歌の場合、五音と七音の織りなす韻律。山中の言葉を音譜とすれば、音譜の表わす旋律の艶めきを書きとめる五線譜として、短歌はある。旋律によって語られる主題は、時期によって変化するが、その精神の源を考えるとき、角川『短歌』一九六二年六月号「内臓とインク壺」の、わけても寺山修司の作品に言及した箇所と、締めくくりに置かれた、山中の敬愛する釈迢空の一首が、参考になる。

「他人のなかに、私の内臓を潜ませて、その声を借りながら、私の歌を歌ったのだ。そうなりたい自己を操るのは、他人を自我の歯で噛みくだくよりほかない。」（中略）

ああひとり　我は苦しむ。種々《シュジュ》無限《ムゲン》清らを尽す　我が望みゆゑ　釈迢空

山中智恵子「内臓とインク壺——私性をめぐって」より

山中短歌の韻律と精神についての、私の考え方の基本は、迢空の歌にある「清らを尽す」で、だいたいかたまったのだが、そこに一つ問いが生まれた。韻律が、心を入れる器であり、つばさであるとすれば、山中の、女性ゆえの、そのうちなる抒情を支える、隠しても隠しきれない、署名のような内在律は、

どのようなものだったのだろうということが、気になったのだ。

第二芸術論によって、奴隷の韻律と揶揄された故に、その存在が証明された、人間の内側に確固としてある旋律。戦後とはその存在が、証明されたと同時に否定されようとしていた時期。山中は無意識のうちに、あるいは意識的に、自らの内在律の存在を確かめようとしたのではないか。そんなことを「内臓とインク壺」から書き抜いた言葉たちとともに、ぼんやり思いつつ、山中の歌集を読み進み、終盤も近づいた二回目の夏が来た時、私の感情は、四つの時期を山中の歌に見いだした。

●第一期『空間格子』『紡錘』『みずかありなむ』

『空間格子』には、序文を寄せた前川佐美雄への傾斜。『紡錘』には塚本邦雄、寺山修司、岡井隆など「極」のメンバーの影響。『みずかありなむ』の選歌は村上一郎による。自らのうちの韻律と抒情を高めるために、その時々の助言者の異なった方法によって、史上まれなる秀歌を生みだした。

●第二期『虚空日月』『青章』『短歌行』

知識と言葉の力と抒情と韻律。南朝北朝の対立にまで分け入り知識と言葉の力にがんじがらめになっていたように見える。息も絶え絶えとなった抒情と韻律の痛々しさが際立つ。

●第三期『星醒記』『星肆』『神末』『喝食天』『鵜鵠界』

星シリーズの、夫を亡くした悲しみのふちからの回復期、自動書記のような詩篇の、膨大な知識と言葉と意識と本歌取りの氾濫ののちに姿を現した「倒立の抒情」への複雑な感情を抱く時期。夢が顕われる。

●第四期『夢之記』以降。『黒翁』『風騒思女集』『玉蜻』『玉菨鎮石』『玲瓏之記』『青扇』（没後刊行）。

穏やかな韻律の復権と、その対極にありながら同居している「やぶれ」（やぶれについては後に詳しく説明）、生身を奪い返したような歌と、本歌取りの絢爛は後期の成熟の証。

韻律、夢、肉。三つの、頻出する言葉を思いつつ全集を読み進むうちに、私は、山中智恵子の歌がほんの少し解ったような気がした。何が解ったような気になったのか、日付を残し、歌集の表面をなぞっていった二年間を、検証してみたい。

第1回　2010年12月5日
『空間格子』　うつしみに

うつしみに何の矜恃ぞあかあかと蝎座《さそり》は西に尾をしづめゆく

一九四七年から一九五六年までの作品を集めた山中智恵子の第一歌集。山中は「粗描」の一連で中井英夫によって見出され、後に塚本邦雄、春日井健、寺山修司、岡井隆、濱田至、安永蕗子らと同人誌『極』を立ち上げた。塚本邦雄との間には、『みずかありなむ』あたりまで、そしてそれ以降も、お互いの作品にかなり影響の跡が垣間見える。ちなみに塚本邦雄の第一歌集『水葬物語』は一九五一年、第二歌集『装飾楽句《カデンツァ》』は一九五六年発行された。

柿の葉のみがける空に傷つける鳥たちの嘴《はし》遍在す

円をつらぬく径線の交叉　ほどけくる風景のなかの鳥の一点

春の蚊とんぼ鉛筆の尖に弾かれぬ守らねばならぬは自在のわが掌《て》

ささへきれぬ身を咲きこぼれ容赦なく流れようとする白い花びら

この時期の特色を端的に言えば、定型の枠にみずからの内在律をはめ込もうとしながらも溢れだす若々しさ、冒険へのきらきらとした意欲。素材に重きを置く前半部分には、前期の歌のキーワードとなる石と鳥が頻出する。逆年順に構成されているので、前半とは、歌集出版当時の作者が自信をもって読者に問う歌の集大成の部分なのだが、女歌のなだらかさよりも、言葉が心に追いつかない、たとえば与謝野晶子の『みだれ髪』の早口の少女のような初々しさが眩しい。後の典雅なる言葉運びの、韻律の整った歌は、異質のようにさえ思える。新しい時代の、たとえば原子雲などの社会的な言葉も積極的に、組み入れられている。

「春の蚊とんぼ」あたりの歌は、言葉のもたらすイメージを試しながら繋いで作品世界を広げている。言葉への驚きを素直に感受する瑞々しい感性があって好ましい、私の最も好きな部分。初句七音と字余りは、山中の枠に入りきらない瑞々しい感性の輝きに磨きをかける。

巣を探す小鳥の騒ぎ思ひ出に似たる風景に時
雨が過ぎて
光あてると別れの唇が刻まれてたしかならざ
る少女の顔だち
寄せて来てオルガンの波は胸を没す恋をしら
ねば典雅な終曲

初期歌篇の特徴は、歌に楽曲が組み入れられていること。音楽の「題名」は、その曲の雰囲気を支配するもの。そういえばヴィバルディの「春」や、バッハのオルガン曲は、山中智恵子の歌と似ている。いずれも字余りが目立ち不揃いなのだが、様式に則って、典雅で明るく健やかな精神を、感じさせてくれるのだ。与謝野晶子と岡本かの子の影響を受けた、昭和初期モダニズムの頃の女歌の、典型ではなかったかと思う。前川佐美雄の『植物祭』のモダニズムの影響は、つぎつぎに言葉を繰り出し、歌いあげることなく、放り出してしまったかのような「て」止めと、体言止めに見える。与謝野晶子のかろやかな言葉運びと、岡本かの子の肉体的な感じを併せ持ち、どちらかといえば岡本かの子の影響の方が強いと感じられる。山中の特徴である「身体」を表わす「肉」は短歌にはまだ登場していない。「うつつしみ」「身」といった女流歌人的名詞が使われている。このあたりに言葉にたいする感性と言葉の使い方の試行錯誤が見える。そして現実は確実に歌の背後にある。しかも初初しい。前川佐美雄の序文に相応しい『空間格子』の一番魅力的な部分は、このあたりに凝縮されている。

仮死のわれのつくりたる世界あかるくて水滴のなかの歪《ひづ》みある思考

春の草なまめきたれば散りしきて桜の花はうすよごれたり

夜深く化粧に堪ゆる鏡なり蛇となりのがるあしたはしらず

片方の眼はみせないで青い海を唄つてゐる魚に負けてはならぬ

なにかいぢらしく晩夏の空はもりあがりどくだみの花が踏みしだかれて

第2回　2011年2月6日
『紡錘』　肉にて聴きし

水甕の空ひびきあふ夏つばめものにつかざるこゑごゑやさし

昏れおちて蒼き石群《いはむら》水走り肉にて聴きしことばあかるむ

夏の血をあつめて飛べる蜜蜂とひともいま綺語にやつれむ

「青蟬」には秀歌がずらりと並んでいる。あまりに秀歌が並びすぎて作り物のあやうさが前面に押し出されてしまうほど素晴らしい。私の好みの歌が並びすぎているうえに、その秀歌をささえているのは韻律と神話だと、二つのキーワードまで教えてくれる。ギルガメッシュ神話に題材を得た「塔」の一連は、幻となった『極』二号のためのもの。古代オリエントの神話から、日本の神話までさまざまな神の物語が背景に感じられる。『紡錘』以後、神話は山中の短歌を強靭な意思の力をもって支えるようになる。山中の神話への興味は、情熱的で、途絶えることが無いのはなぜか。「他者の悲傷」が、敗戦によってぽっかりと穴の開いた精神とより美しく響き合うために、その孔を満たす水のような神話を、捜し求めていたのではないかとも思う。

〈夏はすぎゆく扇は戻しまゐらせう〉田唄歌へる老婆やさしも
絲とんぼわが骨くぐりひとときのいのちかげりぬ夏の心に
一枚の硝子かがやき樹を距つむしろひとに捨てしは心
なすな恋　夕なかぞらに愛しきを魂匣《たまばこ》のごと硝子泡だつ
かなしみの先にたゆたふ待つかたち樹鎧《じゅがい》の中に佇つ鳥みゆる

硝子・星・鳥・水。内側の心はガラス細工のようで、煌めきをふかくしている壊れやすい硝子、声は確かにそこにあったと証明しがたいもの。傷つきやすく証明しがたい不安。硝子と声が浮上する。危ういけれども美しい硝子は研ぎ澄まされすぎた感覚と響きあう。技法としては、倒置法によって、イメージの不整合を生み出すという手法が、注目される。

田植歌などの歌謡の本歌取りは、硝子の心をやさしく包んで韻律の成熟を、もたらしたようだ。『空間格子』では、心あまりて、定型に納まりきらなかった言葉を制御するなだらかな韻律と、叙情を手に入れたように見える。松虫草のあどけない少女から「かなしみの先にたゆたふ待つかたち」を知る女性への変容は、思春期から大人への成長過程の眩しさによってより輝いている。「骨」と「肉」はまだあどけなく明るい。「肉」は、「身体」よりもやや本能、あるいは理知では制御できないものといった趣の、山中特有の使い方をされているので、注目しておきたい。

いづくより生れ降る雪運河ゆきわれらに薄きたましひの鞘

「生まれ降る雪」「運河ゆき」と、音によって選ばれたように思える言葉が続く。「運河ゆき」は唐突なようでいて、雪あるいは水の流れを思わせる。そうして運河を流れる水と鞘のなかに仕舞われるたましい。その二つのイメージが重なり、歌に官能的な雰囲気をもたらす。イメージがイメージを呼び溢れるばかりの言葉を、そのままに一首となしたような典雅なる錯乱とでもいいたいほどに、無作為であるように見えながら、山中の美質と手法の粋を余すところなく見せてくれる歌は美しい。一九五七年から一九六一年までの作には、六十年安保の影響を探すことも必要だろう。背後にある時代の熱い心。その気配は結句の体言止めにある。

いちにんの心に乞ふる雪踏みてわが革命は血球に来よ

わが生みて渡れる鳥と思ふまで昼澄みゆきぬ訪ひがたきかも

硝子屑しづむ川瀬の夜深《よぶか》きに限りなき眼よたちて歩め

冬は雲雀つばさのこゑに虚空うつはつはつにひと若きかな

第3回・4回　2011年4月3日・5月1日
『みずかありなむ』　人と生れて

行きて負ふかなしみぞここ鳥髪《とりかみ》に雪降るさらば明日も降りなむ

さくらばな陽に泡立つを目守《まも》りゐるこの冥き遊星に人と生れて

三輪山の背後より不可思議の月立てりはじめに月と呼びしひとはや

水くぐる青き扇をわがことば創りたまへるかの夜へ献《おく》る

『みずかありなむ』は、ほれぼれとするような名歌揃い、その煌めきのなかに「さくらばな」は、華麗さとスケールの大きさが、たおやかな韻律でつづられて、たおやかでありながらきっぱりとした風情で佇む。鳥髪の一連は、意思ある歌。鳥髪はヤマタノオロチ伝説の斐伊川上流。スサノオと天照大神。そして折口信夫「水の女」が背景にある。斎宮への入り口「水の女」は神を育てる役割。「みつは」「みぬめ」「みつはのめ」は女性の蛇、または水中の動物のこと。「丹生」「宗像」とあわせて三女神という。山中はここから祟神天皇紀の三輪山伝承へと、導かれる。水の女は姥につながり、神の誕生にかかわる。「スサノオ伝説」「三輪山伝承」から、山中を生涯捉えて離さなかった「斎宮」への関心が、生まれたのだろう。古典との関わりは、独学のようでもあるが、折口信夫の『口訳万葉集』を根本に据えていたのではないかと考えてみると、ほのかに入り口が見えて来た。山中の折口への心酔は別格。

娘子のとり舞ふ扇　蒲葵の青き扇は、やぶれつつ見ゆ

沼空（『倭をぐな』未収録　引用者註）

といふ、不思議なあはれのただよふ歌がある。南島の悲傷を、あらかじめみつめてゐたかのやうな、蒲葵の破れ扇の青い幻であり、「倭をぐな」――春洋――とともにみた、常世の夢の破れを暗示するかのやうな、かそけき歌である。

『存在の扇』所収「遠東暁の書」

「遠東暁の書」には、沼空の『倭をぐな』の、あの戦いのさなかの歌に寄せる、ことに「青き扇」への山中智恵子の偏愛が、記されている。これを読むと、山中の古典から得た語彙の根本には、折口信夫の解釈と、戦争があり、「青扇」と「やぶれ」があると解り、山中短歌の重要な解読方法が、見えてくる。山中の古典への思い入れは、『みずかありなむ』以後の短歌に、様々な影響を与えてゆく。その思いの強さによって、裡に取り込んでしまった斎宮への身を焼くような思いが、斎宮と山中を分かちがたく結びつけてしまったように。

この額《ぬか》ややすらはぬ額　いとしみのことばは
ありし髪くらかりき
ほたる火とみゆるまで星の揺るるまで明暗の
硝子立ちぬれてあれ
秋の日の白きかなしみ短調に奏《な》りいでついま
は繭を煮るころ
秋の日の高額《たかぬか》、染野《そめの》、くれぐれと道ほそりた
りみずかなりなむ
のみくだす一顆よりくるむらさきのみをひと
すぢに恋ふる鳥かも
まこと薄き瞼と思へ一日の秋のくだものかか
げゆくかな

秋の危うい日差しを受けて光る硝子のように繊細な抒情を湛えた世界が広がっている。けれど、その儚い世界は意思に束縛され、やがて窯変《ようへん》する。

　みずかありなむ、「みないでいるのだろうか」は村上一郎の命名という。みずかなりなむ、「みなくなってしまうの、だろうか」が、山中自身のもつ危うさと不安とするならば、不安を封印し、「みないでいるのだ」と意思をもって選ぶ村上一郎の強さに共鳴した時期。歌は素晴らしい。不安を封印したかのような痛々しさが垣間見えてせつないのだが、見方を変えればその男性的なものと女性的なものの存在が、山中の魅力を深化させたといえる。「みずかありなむ」には代表作がほとんど網羅されている。鳥髪、さくらばな、水くぐる、私の好きな歌はほとんどこの集にある。けれど一冊を読み終わると、引き裂かれた心が見えるようで、いつもせつなさが残る。ここまでが、第一期。

第5回・6回　2011年7月10日・8月21日
『虚空日月』幻の身

波照るや恋もいくさも夭《わか》ければ石竹は夜の扇
にて蒔く

「珌《ひつ》」に限定して読んでみた。すると山中の連作を

読み解く方法が分かったような気がしたのは収穫だった。一連の構成は謡曲のそれに似ている。つまり魂を鎮めてほしい何者かが登場し、浄化されて、黄泉へと帰る。謡曲のパターンを基本に据えて読んでゆくと作者の意図が鮮明になる。

暗きより暗き道へと入りぬべきはるかに照らせ山の端の月　　和泉式部

題名「珌」は、刀の鞘の末端を飾るつばの部分につける玉。和泉式部が、書写山性空上人へ贈った法華経が本歌の仏教歌を、最初に置く。

在りけりと思へばゆふべあそびせむもみぢの奥処《おくが》しぐれ降りける
鶸の群かそけくなりぬいそのかみ幻の身を夕越えくれば
ひととせののちを傷《いた》めば夭《わか》書きのきみがみなかみ木梨軽皇子《きなしかるのみこ》
われはなほことばに思ふ近づかば赴《ゆ》いて空なるもののいくばく
石ひとつあらはれわたる月よみの世の夕ぐれをあきらけくこそ

場所と時間が設定され、何者かが出てくる。時は秋、天理市にあるかつて物部氏の武器庫であった、七支刀《しちしとう》を祭る石上神社を過ぎ、熊野小辺路近辺をたずねてる一連には、高野山から十津川、遠く果無山が見える。そして登場する三島由紀夫。『古事記下巻』の「木梨軽皇子」と「衣通姫」。同母兄妹の恋という禁忌と貴種流離の物語を題材に、三島由紀夫は「軽王子と衣通姫」を書いたという。その魂を鎮めるかのように連作はつづくのだが、三島の魂を鎮めながら、山中の心は、三島の木梨軽皇子伝説に対する思いと共鳴し、物語の中の禁忌と貴種流離への烈しい思いが顕われる。

天飛ぶ　鳥も使ひぞ　鶴が音の　聞こえむ時

は　吾が名問はさね　　『古事記下巻』

言葉は、鶴《たづ》の音によって運ばれると木梨軽皇子は歌う。「詞は、空から鳥が運んでくる」とはまさに山中の言葉に対する意識だろう。山中の「古典から詞のイメージを読みとり、古典によって詞のイメージを補強する」という基本姿勢がこのあたりに鮮明に見える。

謡曲仕立ての構成は、一九六五年合著歌集『女流五人　彩』の仲間との交流から得たものかもしれない。「彩」の他のメンバーは、馬場あき子、尾崎左永子、大西民子、北沢郁子。第二期はここより始まる。

ゆふぐれの硝子の底をはつはつに琴弾きてわれも去りやまざらむ

鳥の書は硝子にあふれ天つ恋ひかりに射れるものならなくに

乱心を語らぬ掟抜けたりし抒情詩よわがゆくへしらずも

岬にはむらさきふかき神います扇一揆の雪のあけぼの

第7回　2011年9月23日
『青章』いのちによりて水は暗きか

古きらんぷにほたる放たば硝子絵の青髯にしも風立つらむか

六連星《むつらぼし》すばるみすまるプレアデス　草の星ともよびてはかなき

われらつひに狂はず断たずあふれゆくいのちによりて水は暗きか

眼に沁みてあきあかねとぶ陶邑《すゑのむら》のいかなる水か空に見えけむ

解りやすく素直な歌と、難解な、訪れた読者を拒むような歌が混在している。硝子に関しては、初期の初々しい抒情を湛えた歌よりも、その湛える心情が薄いような、年月によって摩滅された硝子という趣さえある。さらにかつての秀歌に用いられた印象的な言葉が、繰り返しもちいられる。同じ言葉が繰り返し用いられることは問題ではないと、私は思う。同じ言葉であっても、その時々によって思考の変容と深まりが眼に見えるかたちで、詞に現れる。私は、それを摩滅ではなく、窯変と呼びたい。

水仙の花よ古鏡よ眼底の虹わななきてこの日
昏れなば

思惟かげりあかときを待つつつくづくと水仙は
眼を洗ふによけれ

水仙の花とふるい鏡。鏡も目のレンズも曇り、底に虹が見える。目の疾患を詠んだのだろう。二首目はさらに解りやすい。思惟が鮮明な結果をもたらさなくなって朝を待つ、つくづくと水仙を見ると、そのすっきりとした立ち姿。花の、目を洗った水を受ける器具のような形。疲れた眼を洗うのにちょうどよい。あの山中智恵子の歌がこれほどすんなりわかって良いのだろうかという疑問さえわく。書物から拾い出した言葉に触発されて生まれた歌の難解さと、地に足をつけているような解りやすい歌との落差。原因は、「斎宮」の研究にのめりこみ、書物に固まれた生活をおくっていたところにあるかもしれない。たぶん山中智恵子にとって歌は作るものではなく、言葉に触発されて自然と生まれるものだったのだろう。難解な言葉はその当時読んでいた資料の言葉をそのまま歌に持ち込んだように、心情が見えない。第二期の歌に心と詞の乖離が痛々しいほどくっきりと見えるのは、私だけだろうか。『青章』には村上一郎への誄歌「滄浪ぞ澄める」が収められている。

灯《ひ》はながれ硝子の外はむかしなる真牡鹿《まをじか》にふ
る累卵の雪

颪に蒔くことばありけり百千の夏立ちあがる
海図視えたり

あはれこの冷えゆく星の一地点日没は柘榴も
つとも愛《かな》し

水の上《へ》の手を恋ひわたる撫子の夢のいそぎに
秋闌けにけり

石走る水に面伏す春の日のあふれてわれは何
を捨てしか

第8回　2011年10月30日
『短歌行』　まぼろしの肉

肉に棲むものらあふれて夕映に魚はいかなる
雲を洗ふや

惜しむとて渚にゆふべうちあげしさくら貝そ
の幻の肉

注目すべきは、しばらく目にしなかった「肉」。山中にとって「肉」は、身体よりも茫洋としている。「肉」は知性や心情の感知しない場所をあらわすために用いられているようで、「唇」「肩」など、細部の名称によってデフォルメされる身体とは、ニュアンスが異なるところが、興味深い。まぼろしの肉から、肉に棲むものが顕われる。その過程が詠まれているようで、見入ってしまう。

さくらばな咲きやまざるをすみやかに思想来
たりて腑《ふ》分《わ》けたりける

淼々《べうべう》とことばは歩む六月のたしかなるものに
長雨《ながめ》つくして

雪の日の眼精梅花ほのかなるいなばのひとの
手紙届きぬ

ひひらぎの声きくときぞゆふぐれを立ちて祈
れる魚の群みき

夏の日のふるき童話はかささぎの卵をさがす
夢ばかりなる

なつかしく恋ほしきもののはげしさの音ふか
く澄む瀧と思ひき

キーワードのような「雪」「さくら」「六月」「魚」などが、今回も見える。様々なテキストの言葉がちりばめられた、あるいは他人の短歌の一部分が、切り取られてはめ込まれたような、危うい感じ。自動速記のような味わいもある。が、本歌がわかれば、本歌との違いを読み解くのは、それほど難しくない。全体的に柔らかな叙情が復活して、第二期は終わる。

青春は一貫の水うちはぶきをぐらきものを澄
み渡れ鳥

第9回　2011年12月11日
『星醒記』まどひに触れず

きみなくて今年の扇さびしかり白き扇はなか
ぞらに捨つ
星は鳥　鳥は星とぞつぶやきし逝きにしきみ
の行く方《へ》しらずも
わが骨よきみの骨にとかさねあふ夏の日風の
すさびごとあれ
わがとほき心にふれて肉に棲むまどひに触れ
ずゆきしきみはも

『星醒記』は、ここまで読み進んできた歌集とかなり違う。一首目の「白き扇」は佐竹彌生への愛あふれる挽歌。歌の中に現実が、詞より前に出てくる。たとえば肉と骨。実体をもって詠みこまれたわれと君との恋歌は、最愛の夫への挽歌であるゆえに、作者山中智恵子とほぼ等身大の希少な歌となっている。せつなさがあふれ、実像が見えてくるのだ。

あらざらむこの世のほかの思ひでに今ひとた
びの逢ふこともがな　和泉式部
珠衣のさゐさゐしづみ家の妹にもの言はず来
て思ひかねつも　柿本人麻呂
あらざらむこの世のほかの星辰《せいしん》に和泉式部の
ごとく歌はむ　『星醒記』
つゆのさゐさゐきぬのさやさやひとりゐてき
みをおもふはつみのごとも

和泉式部と、柿本人麻呂の歌を根底にすえて、様々な挽歌を詠む。古典のこころをもって魂鎮めを自在に歌った歌は、本歌取りによって、その悲しみが深く重層性をもって感じられ、魅力的。

白鳥座のうなじのあたりくらぐらとブラックホールありて水無月
葦舟に流さむ子等の数々をこの医師もまた怖れあらむを
わがいきすだま紫陽花の玉にこもりゐてすずしき声をいざなはむとす
蜻蛉記またもめぐらむ跋文に精霊の文字邦雄は書きぬ

第10回　2012年1月29日
『星肆《ほしくら》』倒立の抒情

秋の日の高額、染野、くれぐれと道ほそりたりみずかなりなむ　『みずかありなむ』
この世にぞ駅てふありてひとふたりあひにしものをみずかなりなむ

二首を並べて、一九六八年発行の『みずかありなむ』から一九八四年発行の『星肆』の「みずかなりなむ」までの歳月を改めて思う。山中にとっても、今までを振り返る時期だったのだろう。そんな時期の歌には、二つの要素つまり、抒情と理知の間に激しく揺れ動く山中の心情がくっきりと見える。

シャワー浴びてありにしきみよなぐはしき龍骨やせてかなしかりけり
ひつたりと胸をあはせてあるときのことばよかへれきみ孵すまで
虚数世界に生くるものらのやさしくて植物のごとき手足をひらく
ゆめうらに子をなさざりしわれらにて生みたるもののかずをかぞへむ

前半は抒情ゆたかな恋歌が光る。恋の悲しみに浸りきっている様子が哀切、そのひたむきな様子に少女のような純粋さが見える。水辺の鳥の名前、花の名前を入れた歌は題詠のような。言葉によって現《うつつ》に帰る練習をしていたのかもしれない。本歌取りというよりも、歌の言葉をそのまま持ってくる、ほとんど自動速記のような感じ。第二期の本歌取りよりも、はめ込み方が自然。なだらかな調べがおおらかな雰囲気をかもしだし読みやすい。亡き人への思慕は、ゆるぎないものとなる。その過程で、作者の記憶もおだやかにくみかえられてゆく。その味わいが、やさしい。

倒立の抒情といふもはかなくてきみを愛すと雲母《きらら》に対《むか》ふ
肉のおもひは死にまされるをかがやきて刃をかざすごとわれは生きなむ

後半は、格調高くなるとともに漢字の使用も増える。読まれることを前提につくったような歌が復活するが、「倒立の抒情」には、抒情への愛情があふれ、「肉のおもひ」には、山中の身体がリアルに、手触りを持って浮かび上がる。「この世にぞ駅てふありてひとふたり」は象徴としての愛を、「肉のおもひ」は手触りのある愛を詠んで、どちらも素晴らしい。まさに愛の歌集。

第11回　2012年2月12日
『神末《かうずゑ》』　肉を越えてことばはなきを

いちにんのひとに離《か》れはてわがひとり詩にさいなまれ幾秋を経む
未然より未亡にいたるかなしみの骨にひびきてひとはなきかな
たましひはつばさをもつと未然より白きつばさをあかときにもつ
この肉の深き憂愁生よりぞ脱け出でたりしひとしらざらむ
眼の前のくちびるひとつ越えがたきわれらな

りけり水しぶき浴び

肉を越えてことばはなきを手をとりてなげかむことの深くなりゆく

われは肉をきみはこころをあくがれてこころごころに秋を聴くかな

いましばし鼓動はやめよ木犀のかをりながれてひと在るごとし

きみくると思ふあかつきしらしらと風吹かぬ日の電話鳴りつぐ

わが肉の終りに沁みる雁の声ひとつらの雁いづこゆきしや

人体の発見すなはち心根《こころね》のうちしめりたる由来ならずや

秋の歌集。イメージは、白。巻頭の言葉がすべてを支配する。「夢」と「肉」が主題であった時代。

人は夢見たものしか本当には見ない
バシュラール

夢は、愛しき人との逢瀬の場所である。君は、生身の時よりも、生き生きと山中の夢の中で体現される。日常が愛しき人の死によって破壊されれば、日常こそが虚である。としみじみと思わせてくれる。身体のパーツを、ひとつひとつ歌うことによって、ひとつひとつ奪い返しているような趣がある。いとしみて歌うことが、思いの世界から、現実の世界へ回帰する有効な方法だったのだろう。『万葉集』の本歌取りというよりも、『万葉集』から派生したような歌がある。ゆえに韻律はやわらかく優雅である。

第12回　２０１２年３月25日
『喝食天』見ることの秘儀

面こぼつまで抱かれしかな斎王のくちびるうすき秋の日の翳

「喝食天」は久しぶりの雑誌掲載作品、他の一連よりも際やかな物語の輪郭をもっている。喝食と斎宮と神。喝食天は若い男、桃夭は若い女。乳房とくちびるへの関心の高さ。互いに入り乱れる意識というのだろうか。山中智恵子は、それらの登場人物を支配している渇望に、憑依されたというよりも、憑依したかのような迫力に満ち、読み応えがある。

蚕一頭ここにたまひし天蚕《てんさん》の天絲一束《ひとたば》秋を織らなむ
〈青とはなにか〉この問ひのため失ひし半身と思ふ空の深みに
一陣の昏き夢かも古き位牌をとりいでて春の日向にさらす
身のもゆることばはありきひとをひとに帰せとぞつきくさの花摘みにけらしも
その声にあめつちひびく青たもち蝶は入りゆくこのひとつ森
視ることとの秘儀こそ雄々しをとめにはくちびるに歌あらばよしとす

サン・テグジュペリの方向のこと空よりぞ海は涌きたつ　海は感《うご》かむ
夢見ることの力やしなふ無意識の分るるところ星みつらむか

天蚕糸は、うすい萌黄の糸。その糸で、秋を織る。穏やかな雰囲気は、一服の清涼剤のようだ。のびやかで素直な抒情のすがすがしさは、山中智恵子の源にもともとある、私の最も好きな部分である。夫を筆頭に、村上一郎など、近しい人と過ごした日々。過ぎてしまった時間。なくしたものへの思いが切ない。斎宮、ジャコメッティなどの本が、身近にあったとしか思えない一連が多い。心の軌跡をそのままに作品にしている。

肉に深く傷つくものを面といふリルケ、ロダンの秋ふかかりき

第13回　2012年4月29日
『鶺鴒界』　そのひはぼそのくるぶしに

しら露も夢もこの世もまぼろしもたとへていへばひさしかりけり　　和泉式部

ヨーグルトのなめらかに咽喉を通り行く秋のひとつの沁みるひかりや

思ひみよそのひはぼそのくるぶしに血の透るまで歩みゆきしか

青梅の空は微熱を思ふまで澄みとほりたる左脳に対す

わが人体の凍れるつばさ真夏空かがみとなれば翔ばす鳥あり

ジョルジュ・サンドと雲雀料理のかぐはしき声に出でたる夏の日のこと

遊星から部屋を切りとるこのあそびいかにすがしくきみはたもたむ

夢記ひとつわがうたはなむひしひしと帆のつどひくる夕渚にて

ポケットに〈魅惑《シャルム》〉秋の夕風よ高原に棲む白きくちなは

「夢の入り口には、わが胎内にかいくぐる思ひがある。」水沢高原で見る山中の夢に遊んでいたのは鶺鴒。ネルヴァルは夢に駆られた人、夢には和泉式部の影が濃く見える。「しら露も夢もこの世もまぼろしも」――夢を現実が侵食する。夢から覚醒し、また夢に引き戻される。その繰り返しは煉獄のような雰囲気だが、抒情を際立たせる。ここにも「古事記」「斎宮」「九歌」など、山中智恵子の詩的空間を支えてきた膨大な知識は存在するのだが、それらは高原に暮らす山中にとって、空気と同じものとなったらしい、とりたてて、知識そのものが、目立ちすぎる場面はない。

昔とは何にありしか星語《ほしがたり》むかしとなりし曙のこと

と思ひたるあしたのいろの夕月を幾日待ちて

ぞまたあひにけむ

その印象はどこから来るのかと考えた時浮上したのは、巻頭に据えられた二首。意識の中に流れる時間と、現実の時間の流れ方が出会う歌にある健やかさは、しばらく見られなかった。六十歳という人生の節目に導かれたように、夫を亡くした嘆きによって留まっていた「星語」の世界から抜け出し、滞っていた時間が流れ始めたらしい。山中の心が、身体を通過する時間と、折り合いをつけて、やっと現実の曙にたどり着いたのだ。

時間が流れ始めると、現実に対峙することになる。星語とは、精神的な繋がりの深かった亡き夫への思いを語る言葉。それはもう使えない。嘆きから覚醒する時期が来てしまったのだ。山中は、言葉によって構築する精神世界を、夫とともに追求してきたようなので、ともに見た夢を、現実が侵食し始めた、ともいえる。

※ひはぼそ　全歌集下巻123頁に二首　「繊細《ひはぼそ》　手弱腕《たわやがひな》」『古事記』中巻

繊細《ひはぼそ》は、「繊弱細《ひはぼそ》」ともあり、天の香具山の上空を渡る白鳥の、鋭い鎌と見える細く白く長い首

第14回　2012年5月20日　『夢之記』　清播に

深沓《ふかぐつ》をはきて昭和の遠ざかる音ききすてて降る氷雨かも

雨師《うし》として祀り棄てなむ葬り日のすめらみことに氷雨降りたり

くきやかに月は在りたり六階のわが眼の位置に浮びたりけり

妖として老いに入りゆく気配にて夜を流れる永遠《とは》に若きかな

昭和天皇雨師《うし》としはふりひえびえとわがうちの天皇制ほろびたり

最も注目されているのは昭和天皇関連の歌だろう。

醒めた視点、力強さ。最愛の夫を失ってから棲んでいた絶え間ない夢の世界から、完璧に目覚めたような趣。その二年後に師、前川佐美雄も逝ってしまったことも、影響しているのだろう。山中にとって神のような存在の人々の死ののちの歌は、品格があり、緻密な構成意識によって統べられている。そういえば、山中の挽歌は素晴らしい。「夜は流れる」は河野愛子への愛にあふれた追悼歌。「老い」を自らの問題として前面にだしたところも珍しく、河野の代表的な歌集名を詠みこんで、知的配慮も感じられる。

　しばらく続いた寄る辺なさによって迷い込んだ煉獄のような夢の世界では、現実との境界があいまい、構成も混とんとしていたので、かえって回想の中の「私」にリアルはあったのだが、私が注目するのは現実の、たとえば雨、そして六階から見る月。二首とも実際のものよりその質感を伝えていてリアル。現実の時間の流れと手触りを取り戻したのだろう。

　　しらとりの誄歌流れて清掻《すががき》に断絃のごと昭和終んぬ
　　あやにやしえをとことしもあらなくに小鈴をすれるたましひの音
　　さらさらさやけの風立ちて今日立秋のとうすみとんぼにまたがりゆかむ

「催馬楽」と名付けられた連作もあるように、歌謡調の言葉遊びの自在さと軽やかさが楽しい。愛読していた与謝野晶子の言葉足らずのようでいて瑞々しい感性を最大限に生かした女歌ならではの歌いっぱなしのおおどかな雰囲気までうまれている。精神の安定の証だろう。本歌取りの歌も、ナチュールモルトに塚本。タラサには葛原。声ひびくには釈迢空と趣向を凝らし、部立て構成で、出所を明らかにしているので安心して読め、自在でいながら抑制を効かせて、山中ならではの魅力を際立たせている。惹かれたものを取りいれて、自在に詠う歌は、初期の感性がよみがえったかのような趣。内に潜んでいた生来の感覚にかぶさっていた夫、師、昭和という重しが取れて、本来の瑞々しさがよみがえったのかもしれない。

恋なくて幾日すぎけむ献立に茄子の忘れ煮ひとつ加へむ

さびしきは青鷺料理六月のロートレックのメニュをひらく

猫の会議に急ぎゆく猫この夜半を世紀の終に追ひつきなむか

女性としての充実感を感じさせてくれる秀歌たちは、一見料理の歌のよう。茄子という女性の柔らかさを思わせる肉感的な野菜の、しかも忘れ煮。そこに「恋」を見せて消す。まるで、恋のエキスを溶かした湯に身体を浸してじっくりと含ませたような艶めきがある。青鷺料理も朔太郎の雲雀料理と同じ捧げもの。さびしき、といいながらも上質のフランス料理のようなロマンチシズムとしゃれた感じ。それらは、一九九〇年代前半の時代の雰囲気をなつかしく思い出させてくれる。肉体（言葉）のひとつひとつを確かめて新たに生まれ変わった身体（歌）の魅力は、喩の艶めき。山中が、女歌の長所を溢れんばかり持っていることを証明できる歌をみいだすのは嬉しい。

猫の会議に急ぐ猫の神妙さにはユーモアさえ滲む。口語使用による軽やかさは、「鶺鴒界」後半からのもの。ライトバースの影響だろう。ライトバースとは、近代から戦後にかけての複雑な時代の暗さと重さを、体現していた短歌から、その重たさを軽減して、今の時代を表現する必然の方法だったのではないか。『夢之記』はそれを証明している。

きみがみ歌写瓶《しやびやう》してわれはありなむか鳥ゆくかたのそのところまで

思ひきり心をつかみ出《いだ》せるを拉鬼といふかすさべむらぎも

山中の歌のキーワードを解説している歌も貴重。

師への挽歌である「きみがみ歌」には、山中の歌の初期から飛ぶ「鳥」、つまり、

　万緑《ばんりよく》の中に独《ひと》りのおのれゐてうらがなし鳥の
　ゆくみちを思《も》へ

前川佐美雄の鳥があらわれ、歌の重要な要素としての「拉鬼」を摑みとる。この直感の冴えこそが、山中の魅力。歌に真向かい、様々な手法と思索を周囲から受け取り、極めようと没頭しながらも、山中智恵子であることを貫いた。その強さとしなやかさの根底には和泉式部がいる。

　あらざらむこの世のほかの星辰《せいしん》に和泉式部の
　ごとく歌はむ　『星醒記』
　あらざらむこの世のほかの思ひでに今ひとた
　びのあふこともがな　和泉式部
　あのともしびを消したまへよと春の夜はいと
　しきものの降りくるを待つ　『夢之記』
　つれづれと空ぞ見らるる思ふ人あまくだりこ
　むものならなくに　和泉式部

「いとしきものの降りくるを待つ」に、和泉式部の本歌を重ねると、愛しきものを恋ういじらしいほどの抒情の柔らかさが心にしみる。山中智恵子は、心の赴くままに情念を詠いあげた和泉式部を、実は理想としていたのではないか。その歌の理想が、「第二期」、「第三期」の曲折を支え、『夢之記』の成熟をもたらしたのではないかと思う。

第15回　2012年6月17日
『黒翁』　全身の花式図濡れて

　さかづきはめぐるらう月につゆくさの斎宮女
　御の扇の風に
　琵琶湖抱きて眠れる夜の心には雁の来て鴨の
　ゐて鳰《かいつぶり》ゐる
　薔薇色の踵は生れなみだてる髪の真闇に埋《うも》れ

ゆくかな

忠盛の人魚くらひしそのかみは別保《べつぽ》の浦にかひやぐら顕《た》つ

全身の花式図濡れてよよよとながめせしまに梅雨更けにけり

はるばると秋の脚韻歩みきて橋の上なる虹を送らむ

安定した時期のおだやかな雰囲気が伝わる、好きな歌集のひとつ。文体は、その内容によって変化する。題材を、より現実的な目で見直すゆとりが顕われる、人間は本来清浄なものであるとして、内なる心の動きのすべてを、欲望も含めて肯定するようになったからだろう。「さかづきは」の言葉が言葉を連れてくる自在な詠みぶり。後ろには、式子内親王の歌があるのだが、本歌取りとは、盗むことではなく伝えてゆくことなのではないかと、思わせてくれる。そのまろやかな風味の韻律をじっくりと味わえる小鳥の囀るような、調べの軽やかさこそが山中の歌の魅力だとしみじみと感じる。

夢にきて君は乱れてありしかばこの世たのしと今も思はむ

蛻《もぬけ》とふことばを好む秋の日を潔くあらむとこころざすため

われは蛇体《じゃたい》のむかし忘れききららかにその蛻《もぬけ》たる言葉を生まむ

煮るものはいのち焼くものは死といふことの原始の意味をメニューに示す

曼荼羅の声かあらぬか地球へと陥つる思ひのデヴィッド・ボゥイ

春の日は雲雀のパテにオニオンのスープのあらばさくら散るとも

恋はうらなき　揚雲雀青空に料理《れう》るときてはかなかりしか

悲の器殺《さつ》の器といふべくはこの藍甕に沈みて歌よ

わが涙湖のほとりに来り揚雲雀一身《いっしん》ここに殺

のよろこび

大きなテーマは記憶。「さみなし」つまりからっぽの心への、「現実にあるもの」と記憶の侵入。物事や、言葉への反応の良さが、山中の奥義の一つではないかという仮定は、『星肆』あたりから、私の中で、確固としたものとなった。そう考えると、山中の歌を読み解くうえで問題となる、あまりにも本歌の言葉に寄りかかりすぎた短歌の、我と他者の境界の、混沌を解きほぐすことができる。具体的に言えば、「雲雀」と「料理」の入った歌は、制作時期的に、一九九一年の短歌研究新人賞をいただいた私の「雲雀料理」に反応された歌ではないかと思う。作者としてはかなりうれしい。

参考として、この時期山中が関心を寄せた「民族史観における他界概念」（折口信夫）と「理趣経」の存在を記しておきたい。理趣経とは、人間の本性は、自性清浄。つまりすべて清浄なものであるということらしい。あるがままに自在にかろやかに詠まれた歌は、「民族史観における他界概念」と「理趣経」の実りであったのかもしれない。

あまざかる老近代といはむかな折口批判ひと
つよみ終ふ

さみなしに空蟬すぎてゆく風の伝言《つてごと》もなく夏
果てむとす

第16回　2012年7月16日　『風騒思女集』わがうちの果物は

いつくしき君がおもかげあらはれてさだかに
つぐる夢をみせなむ

手もたゆくならす扇のおきどころ忘るばかり
に秋風ぞ吹く

手にとらむと思ふ心はなけれどもほの見し月
の影のこほしき

うたたねにはかなくさめし夢をだにこの世に
または見てややみなむ　　相模

平安中期の歌人相模には『相模集』という自撰歌集がある。「玉藻集」「思女集」との異名もある。他に「物思ふ女の集」があったという。『風騒思女集』は相模の「物思ふ女の集」に魅せられて名づけられた。子に恵まれず、憂いの多かった相模の、ことに夢や、物思いを詠んだ和歌に共鳴している。

人形《ひとかた》としてわれもあらぬか月山に雪降るとみて帰り来にしを
歌痩せてアビシニアン種の猫笑ふ誰に告げむかこのはかなごと
ひとひらの月出でて青きわがうちの果物はまた熟《う》れそめしかな
向日葵の芯あをあをと立枯れて秋に入りゆくわが心かも
星ありてはらごなすは遠き日に生まざりし嬰児ただよふらむか
みなぎらふ虚無の水底むらさきの樗うかべて鳥も死ねやと
翔べよ寝台　眠れぬままにこよひまた恋鳥恋魚空に泛べむ
わがたましひの初期歌謡論すずしろのいろに溶けゆく夕に思ふ
茄子ひとつ枯れのこしてはいくたびの夏逝きにけむわが天文図

全体的なトーンは落ち着いていて、肩肘張っていない穏やかさがある、ゆえに目立つ破綻はそれほどない。が、「アビシニアン」のようにユーモラスな歌もあり、魅力的。だが、本歌に似すぎているのではないかと不安のよぎる歌も多い。このような傾向は、次の歌集により濃厚に受け継がれている。

第17回　2012年8月26日
『玉蜻《たまかぎる》』　抒情の器

空の磁器壊れゆくかなあをあをと心に水のな

がるるときを

水甕の空ひびきあふ夏つばめものにつかざるこゑごゑやさし
『紡錘』

「空の磁器」が素晴らしい。空は壊れ物であるので、その罅から心に水が流れ込む。雨や雪が降る情景から生まれたとするよりも、青空が壊れて水のようにその青さが心に流れる、と思いたい。何か清浄なものが空からあふれて、浄化されるような涼やかさが、『玉蜻』にはふさわしい。『紡錘』の「水甕の空」の涼やかな佇まいがふたたび現れたようで、ほっとするのは、「第二期」の歌に、理知に引き裂かれた抒情の無残を垣間見たからかもしれない。読んでいて楽しい。

おほみづあをとびたちゆきてひさかたのかつて更地《さらち》にあそびしをとめ

あかつきは青き扇のいろの夢ゆめまぼろしの傘をささうよ

樗散る見ぬ世の夏の五十年　本歌は夢とわれも遊ばむ

月出帯蝕《つきのでたいしよく》おぼろなるかな右欠けて眠れる神のごとくに昇る

老年といふ主題をもちて集ればフォアグラわれらの肝のごとしも

天よいま芹の香のするくちびるをあはれみたまへ　言葉なる雪

玉蜻《たまかぎる》夕日にむきてこととへば焚《た》きあましたる恋もあるべし

いくたびか夏の死に逅ふ合歓の花睫毛を閉ぢて落つる季節を

をとこ――この抒情の器弾き連《つ》れて牛の歩みの春は来にけり

「おほみずあを」＝「夜の蛾」の飛び立ったあとの美しさは、「をとめ」を照らし、しっとりとしていて、作者の若き日の自画像のようでもある。青き扇は、

水くぐる青き扇をわがことば創りたまへるか
の夜へ献《おく》る

など名歌に頻出する扇。山中の健やかな時代の実りを思い出させてくれる。作品世界での立ち位置が、鮮明。現実と夢幻、あるいは感情世界との境界線が鮮明。互いに侵食し合うことなく、その役割を保っている。ゆえに、エキセントリックなところや、言葉が突出している感じは、少ない。初期歌篇の素直さとは違い、曲折の後に、肩の力の抜けた、しかも自信に裏打ちされている自在さが、ある。女歌の自在さが最もよく出ている歌集といってもよい。

第18回　2012年9月16日
『玉《たま》菱《も》鎮石《しづし》』　記憶こそ夢の傷口

春ふかく愁ひの王となるなかれあかとき彗星
としてなびかむ

ことばのみ美しかりきわが一生《ひとよ》あらかた終る
何に托さむ

虹の死体頭《た》つと思へり蛻《もぬけ》たるくちなは白く秋
を招かむ

白猫《はくべう》は九月を歩み露宿すこの宇宙《コスモス》をひき緊《し》め
てゆく

ヒヤシンス歌へる人も過ぎゆきてサリンを運
ぶ　世紀朽ちたり

記憶こそ夢の傷口わが夏は合歓のくれなゐも
て癒されむ

夢にわが歌をおもへば滄浪に青々とさす琴の
木の影

あらかじめほろぼしおかむたましひのまれび
とのごと老いらくは来る

「ことばのみ美しかりし」の歌はせつない。最後を「歌に託さむ」としなかったところに、山中のこころがあるような気がする。つまり言い過ぎない、余韻を残す、という心の余裕が見える。言い過ぎて固く硬直していたころとは少し違う。『玉蜻』のころから、見られているという意識が芽生えている証明でもある。古典の影響は、『古事記』「枯野の琴」についての歌に見える。あの琴の音のように、磷磷《れきれき》とすずやかな調べを、単純な言葉で現す。それが、山中の辿り着いた歌の理想だったのかもしれない。ひとつ気になるのは、歌集に「サリン」の歌は入れているが、「阪神淡路大震災」関連の歌は入れていないこと。

ぬばたまのなにぞと人の問ひしときわが夜誰ぞとこたへまつらむ　山中智恵子
白珠か何ぞと人のとひしとき露とこたへて消なましものを　在原業平

本歌取りの傾向は、ここに集約されている。白珠とぬばたま。恋物語を背景に自在に言葉を泳がせて取り込む。これこそが女歌という手法。歌の完成度からすれば、疑問も残るが、のびやかで、自己解放しているところが好ましい。言葉のパワーがおちているのは、心の深いところにあったこだわりがほどけてきた証かもしれない。

悼　前川緑夫人
玉萎鎮石《たましづし》葛城びとの青空や合歓の睫毛を閉ぢて送らむ

悼　塚本慶子夫人
大空に秋草の束投げ入れて銀河に逝きしきみを思はむ

前川緑（前川佐美雄夫人）、塚本慶子（塚本邦雄夫人）への挽歌は、愛にあふれていて心にしみる。

第19回　2012年10月14日
『玲瓏《もゆら》之記』星と硝子と青空

蛇、水を飲むとき虹となる　美しきかなことばの綾は
〈夜兆《よてう》〉といふ黒薔薇のあり虚の薔薇かこの青空をひきしめて在り

星と硝子と青空たづね幼年の黄金の時間は過ぎしと思ふ

風狂のあれは蛻《もぬけ》か橋の市《いち》　昼の月魄《つきしろ》しづかに消ゆる

秋天の傷のごとくにわが詩歌刻みしときを死者と在るべし

きみとわが春の釭《ともしび》虹の橋二つ渉りてつひに逅はざる

〈憶ふ〉とは未来を思ふことなれば空に対《むか》ひて祈るごとしも

わが狂気つねに晴れたる悲しみの後に来れるものをたのまむ

山中智恵子の歌の大切な要素を、理趣の眼鏡の隙間から、原石のまま見せてくれる。たとえば空。星と硝子と青空は、幼年時代の宝物。空は、星よりも鳥よりも大きい。大きすぎて、かえって目立たないのだが、山中の歌にとって大切なもの。星は空に光り、硝子は空を映す。歌は、空を抱いているのだ。

さくら花散りぬる風の名残には水なき空に浪ぞ立ちける　紀貫之

山中の青空に、私はいつも紀貫之の「水なき空」を想う。青空には水はないと書いて、かえって水の存在を現した貫之の感性に感応し、空に水瓶を想う山中智恵子がいる。と思いながら読むと、山中の空にある水の背景がくっきりと立ちあがる。

そうして目の前に現れた空を背景に、水を飲む。蛇は蛇口を呼び出し、水を呼び、虹を呼ぶ。言葉を、そしてイメージを呼び出すとき、空は常に歌の背景にある。空から言葉はふりそそぎ、その言葉を詩人は書き記す。詩人とは、変換器であるという「シュールレアリスム」の言葉を思う。歌はどこから来るのかという問いの答えとして、山中の巫女的な役割を思い出す。空は黒薔薇が在るからこそ引き締まる。そして「わが狂気」は、山中の歌の入れ子構造と、歌の魅力である「やぶれ」を、鮮やかに見せてくれた。

①わが狂気　つねに晴れたる悲しみの後に来れるものをたのまむ
②わが狂気（つねに晴れたる悲しみ）の　後に来れるものをたのまむ
③わが狂気つねに晴れたる　悲しみの後にきたれるものをたのまむ

すべてわかりやすい言葉で書かれていながら、言葉を連ねて行く過程で生まれる世界は、常識的な展開が用意されている予定調和の世界ではない。かなり魅力的で、立ち止まって何度も読んでしまうほどひきつけられるのは、区切る場所を変えることによって、さまざまな読み方を誘うからだ。切れ目がわかりにくいので、惹きつけられ、切れ目を模索して何回も読んでしまう。これは、山中の秀歌の特徴でもある。隙間のない緻密な構成と、整合を無意識のうちに拒んでしまう。つまりどこかが「やぶれ」ている状態を好む山中の感性からきているのではないか、という私の密かな思いを、確信に変えてくれた。

私は、②を選びたい。わが狂気とは（つねに晴れたる悲しみ）であると思いたい。青空のような虚無としてどこまでも晴れ渡ったわが狂気によって、山中は、意識的に、あるいは無意識のうちに内なる韻律と抒情を閉じ込めていた呪縛から解放されて、思いのままに言葉を連ね、奔放に我が歌を歌う方法を手にいれたのではないだろうか。どこかが破れているとは、難解、あるいは、完成度が低いと負の面が強調されがちだが、破れが無い歌は、あまり魅力的ではない。体温も勢いも感じられない、小さな宇宙の中で徐々に自らの毒に侵されて停滞しているような感じになり、その内包する世界が縮む。山中の短歌の魅力は、細やかな感性の中で密やかに醸しだされる完成度にあるのではない、大きすぎて眼に入らない青空が常に背景にあり、青空の何所かが破れていて、誤読を誘い、ダイナミックな展開をもたらすところにある。

第20回　2012年11月28日

『青扇』　わが恋の動詞極まる

遊星に在りてわれらいましばし宇宙《コスモス》の墓に祈りてあらむ

ひとひらの言葉欠けゆく中空に夢みることは羞しきものか

生け殺しわが思はれてありしころ大空さへや晴れわたりたり

遊星のまたたきとしてわが恋の動詞極まる頌《ほ》むべきかな

夏至のゆふべなつかしき輪をくぐりぬけ幼年の日の父に逅ひたり

誰《た》が夢精したたりてわが点滴と化す、病床のこの幻夢羞《やさ》しも

なかぞらに人を刺したる思ひあり　その虹よりぞいのちたばしる

パルムすみれ脳塚《なづきづか》に咲きむらさきのいろこきときを死に近く在る

足掛け二年、山中智恵子とともにすごした歳月に何度も現れた、懐かしい人々の名前や言葉がちりばめられている。本歌取りの歌が多いなか完成度の高いのは、中ぞらの夢と、恋の動詞。人生の感慨が妙にリアルな「生け殺し」も魅力的。秀歌を、巻頭と巻末の歌で挟んでみた。遊星に在るわれらの大切なものは、言葉の欠けてゆく中空に夢見ることと、恋の動詞の極まる、つまり、恋の限りを詠うこと、そのために、脳はパルムすみれのいろとなる。日常が感じられる歌もある。夏至のゆうべの父の実在、病床の幻、虹。すべての手触りは、いまここにあるかのようにリアル。破調、飛躍、「やぶれ」によって迫る山中短歌の真髄は、最終歌集にも煌めく。

はるかなる沖にも石のある物を恵比寿のごぜの腰かけの石
「狂言歌謡」

おおはるかなる沖には雪のふるものを胡椒こぼれしあかときの皿
塚本邦雄『感幻樂』

ああはるかなる隠岐には虹の顕つものを院と
定家の虹彩《イリス》なげかむ　　　山中智恵子『青扇』

本歌取りの読みときかたとして、今回は「狂言歌謡」と、先行する塚本の作品とともにならべてみた。壮観という第一印象ののち、細かくみてゆくと、山中の言葉の繰り出し方と思考回路が、鮮明に見えてくる。文体はそのまま、同音異義語の連想ゲームのように言葉を当てはめながら、そこに山中の思いが乱反射するまぶしさは、塚本のイメージが乱反射する眩しさの対極のようでありながら、反射神経の良さは同レベル。反射神経の良さこそが、歌人たる証だろう。あまりにも有名すぎる本歌があろうと、琴線に触れた言葉とイメージによって独自の展開を遂げる。私はこの方法を否定できない。

水くぐる青き扇をわがことば創りたまへるか
の夜へ献《おく》る　　　『みずかありなむ』

水の中にひらひらと舞う扇の典雅。青扇を最終歌集の題として用意したのは、山中智恵子本人だという。最後まで読み終えて、全集を閉じたとき、目の前にひろがったのは、水を湛えたように青い空。青空は、ぽっかりと空いた穴でどこまでも深いとらえどころのない虚無をかかえているのだが、そこに、山中は水をたたえる。水とは調べであり、抒情であり、狂気であり、夢であり、肉でもある。その水の震えは、山中智恵子の心と肉の震え。その震えが歌となる。その青空は、嫋嫋たる春の朧ではなく、秋の研ぎ澄まされた空。その青空は水、様々に擬態する。たとえばさみなしであるゆえに、折れることのない刃。蜺の虹。「水くぐる青き扇」とは、そのような山中智恵子の喩であったのだ。全集を読みとおした困難な二年間のおわり、山中の脳裏に広がる青空とは、「空がはりつめた硝子のようにかがやいていた終戦の夏の朝」とエッセー「あかときくらく――梁塵秘抄覚書」にあったあの青い空。それこそが、山中の青扇だったのではないかと思い到った。

最後に、第三・四回で取り上げた釈迢空の「青扇」の歌を、『存在の扇』所収「遠東暁の書」に語られた、山中の歌の理想とともにあげて、論を閉じたい。

娘子のとり舞ふ扇　蒲葵《アヂマサ》の青き扇は　やぶれつつ見ゆ
　　　　　　　　　　　　　　　　釈迢空

迢空は、夙に〈やまとたける〉の世界を、天才者だけが感得する明るい孤独の世界、倭建のみが持つてゐた絶対境だと言ひ、〈おほなむち〉と〈やまとたける〉ほど、民族生活の憧憬の対象となつたものは他にはなく、この二人に関する伝説を解けば、其処に髣髴として祖先の理想とした人を見ると言つてをり、そこには、「力強い歌とせつない恋と、すさまじい死の恐怖とが宿されてゐる」と讃歎してゐた。その世界は、迢空にとつて思弁や瞑想の所産ではなく、生きの身の現し心が、ひたと接することのできる境涯だつたと思はれる。
　　　　　　　　　　『存在の扇』所収「遠東暁の書」

死すべき妹、わが自我よ　明晰をたもちてわれに青空を視す　　『青扇』

（「山中智恵子論集」現代短歌を読む会編、
二〇一三年三月二十一日）

「底黒い美」の窯変《ようへん》——葛原妙子ノート

Ⅰ うつくしきところをよぎるべし

底黒い美
——身体あるいはいのちをもて余すような重たさとの出会い

葛原妙子の歌の魅力に出会ったのは、塚本邦雄の『百珠百華』。あの情熱的な解説文は、一首が立春の卵のように立つことを望み、世界を宙吊りにしていた。塚本邦雄の審美眼によって選ばれた目映い魅力を放つ歌が素晴らしい解説を纏って、短歌を知りはじめたばかりの私の目の前に降りたち、その魅力を教えてくれる。葛原妙子その人とは出会えなかった私にとって、まさに理想的な作品との出会いだったといえる。

けれど全歌集を読み進むにつれて呪縛は緩くなり、塚本邦雄によって「幻視の女王」と名づけられたその印象が強すぎたのかもしれないと思うようになった。葛原妙子の歌集を読んでも、三十代の頃好きになった歌を捜しながら頁を捲っていただけで他の作品は、眼に入らなかったのだろう、未知の世界に入り込んだように何度も立ち止まり、二年余の時間をかけて『葛原妙子全歌集』（砂子屋書房）をじっくりと読み直してやっと、まっさらな眼で「視る聴く触る嗅ぐ味わう」五感の際だつ葛原妙子の歌に出会えたような気がした。

何よりも驚いたのは、一人の女性の歩んだ時間が、生生と立ちあがってきたこと。「幻視」というよりも「リアル」。命を保つ自らの身体をもてあますような歌にある生命の重たさと肉体の存在感が、年齢と共に変質してゆく様が、その思いの深まりとともに強く響いてきたのだ。

いまわれはうつくしきところをよぎるべし星

の斑《ふ》のある鰈を下げて　『葡萄木立』

たとえば「うつくしきところ」をよぎるとき提げているのは「鰈」。星空を魚の形に切り取ったように斑のある鰈を、ランプの代わりに提げてうつくしいところをよぎる。「うつくしきところ」とはどんなところだろうとじっくりと読み直すと、「鰈」のぬめぬめとした質感が甦り、心臓の鼓動まで聞こえてくる。「うつくしきところ」とはぬめぬめとアメーバーのように広がる生き物のような感じ。身体を持て余すような感覚が、現実と我の意識との間でゆれている。いままで味わったことのない葛原の世界が見えてきた。

「うつくしきところ」と言いきって具体的なものは「鰈」のみ、他に説明がないのは、「潮音」太田水穂の和歌的象徴主義が基本にあるからではないか。「うつくしきところ」についてそんなことを考えながら『飛行』出版の次の年、一九五五（昭和三十）年角川「短歌」三月号に葛原が発表した「再び女人の歌を閉塞するもの」を再読していると、「底黒い美」にゆきあたり、座りなおして熟読した。この文章は、「いのちの過信」にもとづくエゴイスチックなものが多いという中年女性歌人の歌への批判に応えての葛原の歌論。作品の目指すところと、その方法論を具体的に書いてくれている。その論の中程、戦中戦後様々な苦労を重ねた女性歌人たちの歌への思いが語られている部分に「うつくしきところ」への鍵は隠れていた。

……中年女性の短歌は、当然その生活の反映であり、広い意味での矛盾に充ちた日本社会の反映と言ふ事が出来る。同時にそれは、女性の精神発展の一つの過程ではないだらうか。（中略）殊に職業と母性と自らの女性との間に板ばさみになつてゐる未亡人などの場合などは、傷ましい。その心の乾きと、生活の重みと、いのちの粘着とを、底黒い美に定着したやうな作品が、あらはれてもよいのではないか。未来をめざす母性の姿は、きよく美しいけれども、生活とは甘いものではない。醜さに徹するもよく、それを突きぬけた先に、美しい老女の幻影を置くもよい。只それを、芸術に移すひたすらの努力である。

「再び女人の歌を閉塞するもの」

目指すところは「心の乾きと、生活の重みと、いのちの粘着とを、底黒い美に定着したやうな作品」。「うつくしきところ」とは鰈の表面のような「底黒い美しさ」をもつところだと解る。

そしてこの文章にはもう一つ、葛原を読み解く鍵が隠されていた。それは身体感覚を表現方法に意識的に反映させるに至るその経緯。身体感覚を表現方法に意識的に反映させるようになったのは、『橙黄』出版の年の中井英夫との出会いが大きいのかもしれない。『黒衣の短歌史』の作者は、寺山修司、中城ふみ子、そして葛原妙子を発見した人でもあり、「短歌」の編集者でもあった。

ジェット機の金属音掠めわれがもし尖塔ならば折れたかもしれず　森岡貞香

これは女性自らの感覚を信じ、自身を塔に置き替へるといふ反写実の方法の一つ、つまり象徴としては最も素朴な比喩の形を取りながら、事実を写す以上に、はるかに真実に肉薄し得た例の一つである。鋭い立体的なイメージと乾燥した不安の情緒、それは同時に近代の硬質美の一つの典型であると云へよう。そして私はこの様な作品を「表現」と呼び、最もリアルな作品であると云ひたいのである。しかし、ともすればこのやうな種類の表現が、誇張とかみぶりとか独断とか云ふ言葉で、現在非難されてゐる傾きはないであらうか。

「再び女人の歌を閉塞するもの」

自身を塔に置き換えるとは、古典の「見立て」にも近い表現方法。つまり、古典の見立てと象徴に共通点があると考えられる。「うつくしきもの」と「表現」についての葛原の考え方を頭の隅において全歌集を読み進めると、身体そのものの重たさと身体感覚の捉える質感が、表現方法に意識的に反映されていて、しかも年齢と共に変質する感じが浮上してきた。「うつくしさ」の照り翳りも見えてきたので、その照り翳りの行きつく先を出来る限り追ってみたいとおもう。

※歌集の後の日付は、最初に取り上げた日。以後行きつ戻りつ何度も読み返した。

Ⅱ　『橙黄《とうわう》』　二〇一二年十二月十六日　日曜日

しらしら

　第一歌集には激動の時代を生きぬいた女性の日常が背景に見える。難解派と呼ばれて、代表作となっている作品よりも心に響いてきた作品を取り上げることを大切に思いながら読み直す。歌集にあつめられた、一九四四（昭和十九）年八月から一九五〇（昭和二十五）年九月までの作品からは、身体的表現を方法として意識してはいないが、肉体のもたらす感覚は大切にされているという印象が、浮かび上がってきた。

　現在の私は感覺を通さない詩と云ふものに餘り關心をもてないでゐる。　「終りに」

しかし急がないでじっくりと見てゆきたい。作者の様々な傾向が見える歌集には、疎開から敗戦そして戦後の生活を背景にもつリアルな歌が多く、その時代が歌の心象風景を補強しているという強みもある。文体の磨かれてゆく様子が見える。というよりも、様々な文体が渾然一体となった魅力がある。過去の評価を忘れてそのままに鑑賞すると、戦中戦後の貧しき時代にこころの豊かさと、家族を守るという使命を全うする女性の命への愛がはっきりと見える。それが疎開生活時代の「霧の花」、戦後五年間の「樫黄」とⅡ部に分かれた歌集の最大の特徴だろう。純粋な息子への愛と、微妙な距離感と一体感の間にゆれる娘への愛が、母としての一面を際だたせる。夫への信頼は、不思議に眩しい。

しらしら　調べ

霧の花しらしら咲ける山みれば夫よかの世よ
杳《とほ》かりにけり
竹煮ぐさしらしら白き日を翻《かへ》す異變といふは
かくしづけきか
禁斷の木の實をもぎしをとめありしらしら神
の世の記憶にて
彫《ほ》り淺き街に沁み入るしぐれ明《あか》ししらしらと
して貝をひさげり

「しらしら」は「橙黃」のなかでよくつかわれている言葉。明け方空が明るくなってゆく様子としてもつかわれるが、意味よりも音のもたらすイメージ、つまり感覚で捉えられた物事のイメージを大切に伝える言葉。四首並べてみると、「しらしら」は無垢なるものを内に秘めて佇む乙女の身体そのもののように実体をもって感じられてくる。調べの流麗さは、身体が伸びをしているように柔らかく自在。この自在さを、字余り、あるいは欠落によって手放すとき、歌に、きっぱりと立つ強さど、抵抗感が生まれるのではないかと葛原は思ったのではないか。葛原の身体にはもともと短歌の流麗な調べが存在していたことを「しらしら」は証明している。

心象風景を補強する描写力

アンデルセンのその薄ら氷《ひ》に似し童話抱きつ
つひと夜ねむりに落ちむとす

アンデルセン童話を読みながらふかい眠りに誘われる。童話の本は腕に、その物語は心に抱き締めて眠りにはいる。そんなかつて私も経験した身近な仕合せの情景に「薄ら氷《ひ》に似し」という言葉が入ると、薄く冷たい氷の持つ、壊れやすくて、冷たい感覚が直接皮膚に伝わりアンデルセンの童話のハッピーエンドでは終わらない薄氷のような冷たさ、あるいは子供時代の懐かしいさびしさという不思議な感覚も甦る。懐かしいその危うさを「薄ら氷《ひ》に似し」と言い切り、それを抱きつつねむるとは、比喩でも幻想でもなく、身体で捉えた不安の描写。何気ない日常の風景が「薄ら氷《ひ》に似し」という心象風景の描写によって複雑になり、五感の感知した不安定なようでいて満ち足りた心は、結句の字余りを呼び出す。葛原の魅力はこのように感覚を使って心象を描写する力にある。不安を絵画的にデフォルメしているのだ。

　五感の感知した危機感が結句の字余りに見え、家族を持つ葛原の、経済的に安定しているが表面的には見えない心の底の「揺れ」に繋がるという仮説。家族と離れていた幼少時代を持ったことを知ると、そこに「薄ら氷《ひ》」の源が見えてくる。

おつとせい氷に眠るさいはひを我も今知るおもしろきかな　　山川登美子

　そこまで考えた時浮かんだのは、意外にも山川登美子の歌だった。三十代を迎える前に死へ向かう絶望と共に生きた山川の眠りと、童話を抱きつつ眠る葛原の眠りは、定型に納められて冷え冷えとある。山川の歌にある運命と向き合う断念を越えた覚悟。その覚悟は、後の葛原のすっぱりと三句目が抜け落ちた欠落感とつながる。

身体あるいは命へのもて余すような感覚

蛾の骸《むくろ》掃きて寝むとす射す月のしづけさしみて殺氣に通ふ

室《むろ》の戸をわづかにずらし溫《うん》氣あがる馬鈴薯《いも》よたしかに生きてあるなり

微溫圈に黴《かび》のごとくに生きてあるわが體熱のほめきにおびゆ

糧《かて》負ひて三里の道を歩むときまがなしく襲ふこころの飢ゑは

とり落さば火焰とならむてのひらのひとつ柘榴の重みにし耐ふ

「卑下慢」と云へる佛語の辛辣をおもひつつやさしさやぐあきぐさ

「蛾の骸《むくろ》掃きて寝む」とするときに鋭利な刃物のような月の光。「馬鈴薯」の命でむせかえる室の中。「わが體熱のほめきにおびゆ」とはぬくぬくと黴のように生きている私の体を持て余すこと。「糧負《かて》ひて」思うこころの飢え。「柘榴の重み」に耐える心。「卑下慢」を思い「さやぐあきぐさ」。命とともに思いは現れて、身体が実体を伴って見えてくる。比喩でも幻想でもなく身体と、五感の感知したひりひりとした危機感と不安こそがこの歌集の主題だろう。

歌七首

水かぎろひしづかに立てば依らむものこの世にひとつなしと知るべし

落つるものなくなりし空が急に廣し日本中の空を意識する

ソ聯參戰の二日ののちに夫が呉れしスコポラミン一〇C・C掌にあり

砂金のごとく陽にきらめけるをみなへしこころ貧しくみるべきならず

早春のレモンに深くナイフ立つるをとめよ素晴らしき人生を得よ

カルキの香けさしるくたつ秋の水に一房の葡萄わがしづめたり

奔馬ひとつ冬のかすみの奥に消ゆわれのみが累々と子をもてりけり

のちに改変された異本には穏やかな眠りの歌があり、それは、珠のふれあうように睦まじい家族の幸福を思わせて廻っている。

天球儀戀ひてねむりしゆめならめ透明の玉かさなりめぐりぬ

Ⅲ『縄文』二〇一三年二月二十四日
硝子の劃《かぎ》る

通読したなかでもっとも印象的だったのは、あとがきのない『縄文』。海辺の風景の中に静かな水のたゆたうような深い世界が広がる。娘の手術と療養生活や葛原の病院での日常の描写が溢れるばかりにつづき、ひたすら歌のなかに閉じ込めてゆくエネルギーに、その時間の流れに引き込まれる。一九五〇（昭和二十五）年つまり中井英夫に出会った年から、一九五二（昭和二十七）年までの歌が収められているのだが、後年、作者自身による手直しがほどこされている。『橙黄』以後の作品を収めて「女人短歌會」から発行の予定で歌集名も告知されていたが、刊行されず一九七四（昭和四十九）年三一書房より刊行された『葛原妙子歌集』に加えられ、単行本としては出ていない。第二歌集であって第二歌集とはいえない雰囲気に満たされている。二十年後の作者のチェックが隅々にまでゆきわたっているからだろう、魅力的な歌がまぶしい光りを放つ。ただひたすらに日常に出会う情景を描写しているので、若い心のゆらぎがみえにくく、完成度も高い。年齢のわりに落ち着いているので、第三歌集への梯として読むと微妙な違和感がうまれて戸惑うのだが、そこに葛原妙子の歌への執念と、生真面目さが見える。

みだれざる人の眠りにみだれをり硝子の劃《かぎ》る
黒き濱木綿《はまゆふ》

私は「底黒い美」を体現しているような「黒き濱木綿《はまゆふ》」に最も惹かれる。四十四歳の葛原妙子が「黒き濱木綿《はまゆふ》」に以後の自身の歌の方向性への手ごたえを感じたのを六十六歳の葛原が思い出して作品にさらに磨きをかけたのではないかと思ってしまうほど、魅力的でリアルな情景が見えてくる。

寝室の窓の外は暗い浜辺なのだろう、砂地に育つ濱木綿は人の背よりも高い。硝子窓の形に区切られた空間に、その濱木綿の姿が（闇に包まれているが、きっと白い繊細な花が咲いているに違いない）風に乱れ、部屋には乱れない人の健やかな寝息と、それに重なるように波の音が聞こえる。静かな空間に濱木綿の影が蠢き、人の夢を覗く。それはまるで六十六歳の私が、四十四歳の私の寝姿を覗いているようでもある。モノトーンの静かな眠り中の濱木綿は、不思議で不気味な「うつくしさ」をかもしだす。底に籠るいのちの声が聞えるような迫力。構成に隙はない。意識的に完成度を強めた歌の偶然は必然。葛原の観察と描写力が、「硝子の劃《かぎ》る黒き濱木綿《はまゆふ》」に「みだれざる人の眠りにみだれをり」を見るのだ。「濱木綿《はまゆふ》」に咲く白い花はかよわい娘。病んで眠る娘を見つめる母の姿も見える。

うつくしきもの

散りはてしのちのしばらく總身《しん》にさくらの花の影うつりゐる

きれぎれにうかべる銀河もろともに引きゆくうしほ耳底《じてい》に杳し

ヴィヴィアン・リーと鈴ふるごとき名をもてる手弱女の髪のなびくかたをしらず

散り果てたのちの桜の木と私の体は重なり、花の重たさはしばらく身に留まる。「銀河もろともに引きゆくうしほ」の音は耳の底に留まる。鈴を振る音の様な美しい名前に「手弱女の髪」はなびく。若々しい肉体と二十年のちの心を重ねあわせて鑑賞してみると、その若い身体の持つ感性によって捉えられた感覚を、冷静に鑑賞して表現しようとする作者の心が見えてくる。身体の感覚と対象が渾然一体となって醸し出す美は、海辺の腐った潮の匂いを纏い独得の「うつくしさ」を見せてくれている。

心象風景が見える歌

マチス展いでてけものの園に入る降る雨沁みしけだものの園

水平線膨れやまざる海に向き突き入る陸《くが》を受身とおもふ

晝餉前魚の血液を流しゐる人なるわれにうつろふ青葉

影なせる幼児水を欲しゐて水あらざりし網のごとき夜

キスリング描ける少女壁にゐてやはらかき縞

ある頸巻褪せたり
ながき日暮れのながき滑走を眺めゐつかなしむにあらずよろこぶにあらず
傅《かしづ》きし唇赤き少年を打ちしことありやレオナルド・ダ・ヴィンチ

ながき日暮れの滑走路をぼんやりと眺める心。「幼児水を欲しゐて水あらざりし」という幼い私の心を大切に閉じ込める。水平線の膨れつづける海と陸の関係を「受け身」ととらえる。料理とは命を奪うこと。娘と息子、そして日常を「表現」するそのひたむきさに打たれる。身体のもたらす感覚とその感知した世界の描写を二十年後の技術をつかって歌に閉じ込めた歌集は、不思議な魅力を湛えている。

Ⅳ　『飛行』　二〇一三年五月二十六日　劇的空間

生命あるものの喘ぎ

マアキロを椿の花瓣のごとく塗りやはらかき瞼《まなたぶ》ひとつが患《や》めり
みづからをみづからの手であざむくにいかにか愉し化粧といふは
いかなる花にも埋めがたき顴骨を亡母《はは》ももちまし棺の中にて
絲杉がめらめらと宙に攣づる繪をさびしくこころあへぐ日に見き
はかりがたき狷介ありきくるほしく祕《ひそ》かなるときわが詩《うた》生《あ》れん

「化粧」の一連に心惹かれた。瞼に赤いヨードチンキが塗られ、やわらかな肉感。化粧をしている場面が浮かぶ。化粧とはみずからを見詰めて、受け入れ、入れがたき所を補正すること。そこに生まれる愉しみは「みづからの手であざむくに」という心の照り翳り。鏡に映るのは母に似たうめがたき頬骨を持つ顔。母への複雑な思いがもたらすのは、ゴッホの糸杉絵に浮かぶ情念の喘ぎ。その喘ぎが、耳元に熱く聞こえる。心理を場面で補強するのではなく、心理のゆらめきが匂いたち、イメージとともに辺りに立ち込めて、物語の中の時間が流れ始める。一人の女性の孤独なこころゆれが見えてくる。結婚生活における不如意。その鍵をにぎるのは「母」だろう。実母との関係の希薄さ、葛原の持つ、若くして得た長女への「若き母」の微妙な感情、それらが生命ある人の喘ぎを見せるのだ。

　実生活と歌との距離がかぎりなく近く、内なる心の動きをこれほど効果的に魅せている一連はない。ここに中城ふみ子の『花の原型』にある劇的な物語の影響がみえるのは、どちらも構成が中井英夫の手によるものだからだろう。見せ方によるその喚起力を目の当たりにした葛原の驚きが伝わってくる。中井英夫は編集者であり詩や小説も書いていたので、一首独立の短歌を並べてゆくと物語が生まれ、一冊まるごとの世界が読者に感動をもたらすということを知っていたのだ。今までにない歌の見せ方を披露する。中井英夫の短歌革新への情熱がこの歌集の後ろに見える。

うつくしきものの変容

ビニールの上にひた置く刃物らの光らむとし
て冬はするどし

くらがりにわが手觸《たふ》りしはひそみたる菊の無
數の固き蘂なりき

夫がかたへにものを食しをるしばしなりつめ
たき指《おゆび》に箸をあやつり

マリヤの胸にくれなゐの乳頭を點じたるかな
しみふかき繪を去りかねつ

夏のくぢらぬくしとさやりゐたるときわが乳《ち》
痛めるふかしぎありぬ

有限者マリヤの肌を綠色《りよくしよく》に塗りつぶしたるは
シャガール　あはれ

岩山に凍死の捲毛をみなにてセガンティーニ
畫く「奢侈の刑罰」

わがもてる諸惡を搾る夜半にてうつくしきも
のしたたりやまず

巻頭に刃物の歌があるのは、鋭いもので、心を開いて見せるため。刃物は見立てではなく物の属性をみせる象徴だろう。描写は丁寧にその表面を切り開いて内面のひりひりとした心のリアルを見せる。暗がりにふれた菊の堅い蘂は心の硬直。夫の横で箸を操るつめたき指。くじらとわが乳の歌は肉に身体をかさねて痛みの質感を描き、乳頭の歌の「くれなゐ」のリアルを補強する。有限者マリヤの華やかな緑のかなしみと、セガンティーニの木に吊るされた母の絵への共鳴は、「母」への複雑な思いをあらためて証明している。

　その心の乾きと、生活の重みと、いのちの粘着とを、底黒い美に定着したやうな作品……。

「再び女人の歌を閉塞するもの」

折口信夫から投げかけられた「女歌」への、そして当時の男性歌人からの批判への答としての言葉は、第三歌集『飛行』刊行直後のもの。「底黒い美」の歌の完成度は、第二歌集の方が高い。「底黒い美」への思いは、『飛行』刊行当時に生まれたものであったので、産声を上げたばかりの「底黒い美」が「諸悪を搾る夜半に」「したたり」はじめたばかり。『飛行』の「うつくしき」ものは『縄文』のそれよりも若々しく華やかで、脆いガラス細工のような心が時折見える。

たとえば、後記の一節、「こころだけみづみづと老いないことはなんといふさびしさだらう」のように、心と身体の乖離によせる素直な感情が胸を突く。

　戀の工《たくみ》吹きしならむよボヘミヤの玻璃は滴《しづく》の
　ごとく脆かり

V　『薔薇窓』　二〇一三年六月二十三日　熱の嚢

　斑らなるひかり散りゐて紫陽花はつめたき熱
　の嚢とぞなる

紫陽花のたくさんの萼があつまって大きな花のように見える姿。斑に射していた光が散って夜になると、昼の熱を内に入れて、表面はつめたい熱の嚢《ふくろ》となる。暗闇の中で紫陽花がたわわに揺れると、葛原の心の澱もたゆたう。頭ほどの大きさの花が命の熱を蓄えて立っている様は「て」によってつながれると、身体という嚢とやすやすと繫がる。その熱の「嚢」には、若き日のむせかえるような持て余すような生命の重たさが、年齢を重ねてすこし乾いた状態で収められ、夜のなかで実ることなく散ることなく揺れているのだ。『薔薇窓』の中で最も好きな紫陽花は、『縄文』の濱木綿の「底黒い美」の力強さを秘めながらもう少し醒めていて、大きな実らぬ花の乾きに葛原の心の喘ぎが重なる。

うはしろみさくら咲きをり曇る日のさくらに
銀の在處《ありか》おもほゆ
ガラス球《きゆう》となりたる秋の宙ありき木梢《こぬれ》わづか
なる黃《きい》を殘せり

『薔薇窓』の桜は曇り空と渾然一体となる満開のさくら。銀の輝きが宿り、銀そのものよりもうつくしく、あやうい光を湛えて佇む。紫陽花と同じ珠の形で、より大きい秋空は澄んでガラス珠のよう。壊れそうなほど青い空を満たした世界に梢の黄色が残ると、秋のさびしさは増す。

肉身の匂ひの薄くなる頃

焼却はくちづけなりき雪片の封書に赤き火を
移らしむ
籐の椅子遠き蟬ごゑを呼びてをりふとしも肉
身の匂ひをうしなふ
赤きものなべてを怖る微量なる赤色《せきしよく》ただちに
死を致す色
死の體溫掌をつらぬくたちまちするどきわれ
のをみなを鎭むる
わがうちなる少女無垢にて腐らむよささやき
抱きし一人《いちにん》あらね

赤い火のくちづけで過去の手紙を燃やし、籐の椅子に座って蟬のこえを聞くと肉身の匂いが消える。赤は死を致す色つまり毒として現れる。師、太田水穂への挽歌の、死の体温が内なるおみなを鎮めるという衝撃。友の死、そして病院という死と常に出会う場所に暮らすことの重たさ。いのちの発する匂いがすこし薄くなり、生命の重たさではなく、死が身近にありすぎたために、底の方に仕舞われていたひえびえとした心が現れる。さびしさや憎しみを結晶にまで高めようとする心。そのさびしさの奥底に、父母と別れて暮らし、だれも抱きしめてくれなかったわが内なる少女がいる。「無垢にて腐らむ」が心に痛い。

これ以後の歌集を読み解く鍵として幾度も現れる「微量なる赤色《せきしよく》」と、肉身の匂いを失わせる「遠き蟬ごゑ」の鮮烈なる登場に注目した。

母と娘と私

菟名日處女《うなひをとめ》の悲劇の獨白にわらひたるをとめを暗き座席に懲《ちよう》しき

葡萄蔓あるひは胞衣のごときもの椅子に居睡る少女を捲きぬ

遠き椅子にわれはみてをりふはふはとヴェール靡ける草の上の花嫁

人の手にかち合ふ祝杯を受くるもの愕然とわが生みの子なりし

生き別れた母への娘としての気持、母としての私の娘への気持、母への思いは複雑。その思いは二人から求婚されて思い悩む悲劇の主人公の独白に共感したに違いない。だから幸せな暮らしをしてきた乙女が笑うのを懲らしめたくなるのだろう。

赤は母への思いのように微量の毒を含む色。娘の結婚によって終わる母の時代への郷愁のようなさびしさの色でもある。後に編まれた歌集なので娘の結婚を巻末に持ってきた構成は意図的だろう。歌集末尾の「星なる時計」とは、子育ての時間。実生活のなかで揺れる葛原の心が見えすぎると思ってしまうのは、歌集を読み進むうちに作者の人生の時間に迷い込んでしまったからに違いない。

くらがりにわがみづからの片手もて星なる時計を腕より外す

歌五首

虚空より薔薇《さうび》を攫みとらむ指揮悲しくぞも老いにけるらし

地球儀の湛ふるうしほ一本の細き航路を無邊に運ぶ

むかしにて癌ありとせばかなしからむたとへばかのモナ・リザと癌

寺院シャルトルの薔薇窓をみて死にたきはこころ虔しきためにはあらず

人形はかたりかたりと首たふれ唄へり淡きテレヴィのおもて

Ⅵ 『原牛』 二〇一三年七月二十一日 真珠

『原牛』は一九五九（昭和三十四）年の刊行。塚本邦雄の第三歌集『日本人霊歌』は一九五八（昭和三十三）年の刊行で、翌年第三回現代歌人協会賞を受賞。葛原妙子の強い後押しがあったという。葛原が他の選考委員の前で、塚本に賞を与えるべきだと力説したという話を、私は直接師塚本邦雄本人から聞いたことがあるので、事実だろう（年譜によると、二人は一九五七年に初対面）。昭和三十年代半ば、前衛派の塚本と、難解派と呼ばれた葛原が意欲的な歌集を相次いで刊行したところを見ても、この時期、二人の存在が方法論についての議論を熱いものにしたのは確かだ。『原牛』の作歌方法について葛原は晩年にまとめた随筆集『孤宴』に興味深い文章を収めているので、二カ所引用しておきたい。

某日。某会合に行き、目下来朝中の仏蘭西の一人の女詩人に会う。彼女は私に向い「あなたの詩はどういう傾向のものか」と問う。「描写より多分に表現的です」。私はかたわらの作家、S氏を煩わして答えた。

「薔薇玉　─歌う日々─」

文芸の構想の基本となりうる「比喩」のごとき、つまり二つの生の相似・符号等は室生犀星さんにおいては本能的な「手摑み」によって捉えられ……

「魂の自由」

「表現的」という言葉は、「再び女人の歌を閉塞するもの」に登場する「表現」と重なる。「表現的」とは「身体感覚を表現方法に意識的に反映させる」方法。物のもたらすイメージを身体感覚によって摑み取り言い換えてゆくうちに、連想の拡がりが生み出すリアルと言い換えても良いだろう。

ゆきずりに眸縋りしくれなゐに唐がらしゆきリヤカーゆけり
葛原妙子

いちめんに唐辛子あかき畑みちに立てる童のまなこ小さし
斎藤茂吉『赤光』

赤は葛原にとって「死を致す色」。ゆきずりに眸に縋ったくれなゐは、唐がらしの辛さであり、リヤカーに積まれて通り過ぎて行った赤。この歌を葛原が最も敬愛する歌人、「実《じつ》よりはいる斎藤茂吉」と並べてみると、葛原は感覚で感知した赤に、実際の情景を重ねる、感覚で手摑みにした「くれなゐ」。斎藤茂吉は畑一面の唐がらしの赤からはじめて、童のまなこに収斂させてゆく。この表現方法の落差に、葛原の感覚の鋭さと新しい歌への意気込みがある。赤に注目して赤を極める葛原は色にかなり敏感で、黒白、金銀、そして薔薇窓に現れた赤など、効果的に使っている。

あやまちて切りしロザリオ轉がりし玉のひとつひとつ皆薔薇
わが服の水玉のなべて飛び去り暗き木の間にいなづま立てり

『孤宴』での「表現的」についての説明は、興味深い。たとえば、あやまちと切れたロザリオの玉と、薔薇。言葉を重ねてイメージを表現してゆくうちにあやまちは薔薇に「変容」する。葛原のめざしたのは「変容」。言葉を重ねてゆくうちに生まれるイメージの「変容」は感覚に直接響いてくるので、享受しやすい。

閃光で着ていた水玉模様の服が一瞬無地になったときできた歌を葛原は「動的表現的なのだがこれは途上の一アクシデントの単なる感覚的描写である」と云いきっているのも、当時の方法論への強い心が見えて興味深い。その一瞬を「摑まえる」。

水玉の歌のもうひとつの方法論的な特徴は、この歌集に多く現れる三句目の字足らず。一音の欠落は助詞。助詞には心情、つまり抒情を表わす大切な役割があるので、葛原の敬愛する斎藤茂吉も塚本邦雄も太田水穂も助詞の扱いには細心の注意をはらう。欠落は助詞を拒否すること。葛原は細心の注意を払いながら女歌の抒情に流れやすい特質を拒否したのだろう。

巧みなる連作

紫陽花のむらがる窓に重なり大き地球儀の球は冷えゐつ

生みし仔の胎盤を食ひし飼猫がけさは白毛《はくまう》となりてそよげる

美しき球の透視をゆめむべくあぢさゐの花あまた咲きたり

死神はてのひらに赤き球置きて人間と人間のあひを走れり

赤ん坊はすきとほる唾液垂れをり轉がる玉を目に追ひながら

しら髪の外科醫はしづか　口洩れむときの重き獨逸語

胡桃ほどの脳髄をともしまひるまわが白猫に瞑想ありき

魚のうろこ流しをへしが一杯の炭酸水をわれは飲みたり

「球」の一連は、言葉の生みだすイメージが、一首一首独立して明確に完結した世界を形作っているのに、一首一首の世界が匂い、うつり、繋がり自在に変化して、不思議な世界をみせてくれる。珠のイメージのもたらすものは、紫陽花、飼猫、珠、赤子、玉、口、猫の脳髄、うろこ、炭酸水の泡。日ごろ身近にあるものばかり。「生みし仔の胎盤を食ひし飼猫」は衝撃的だが、非情なる自然の営みがたんたんと描写されているにすぎない。だからこそ生き延びる命に対する慈しみが見える。作者が精神的にも肉体的にも安定した状況であったからだろう。一連の場面はあくまでも病院で暮らす飼猫と夫と赤ん坊と私の日常生活なのだが、その描写の巧みさのうしろに生きるさびしさまで透けて見えるほど深い。歌の背景にある日常と感情をほぼ消しているのに、一連を通して読むと日常がしっかりと見えてその心が透けて見えるところが、葛原の歌の強みなのかもしれない。たとえば、死神のもつ赤い珠は命の鼓動をもたらす

心臓。一連の中に置かれると難解な歌も日常に溶け込んでにわかに具体的な物が見えて来て直接心にひびくのだ。

「うつくしさ」は異物を巻き込む真珠

黒峠とふ峠ありにし　あるひは日本の地圖にはあらぬ

をみなへしの微粒きらめく晝あるのみ　めぐり災厄のごとく人ゐぬ

卓上にたまごを積みてをへしかば眞珠賣のやうにしづかにわれはゐる

耳はたれも胎兒の形　海の風つよまる夜の硝子戸ありて

『原牛』には、山陰地方と、北の湖の辺りへの旅行詠もあり、歌に詠むもののひろがりにも言及してみたくなるのだが、「うつくしいもの」の変容に注目したい。黒峠の醸し出す雰囲気、「をみなへし」の煌めきと怖れと、さびしさ。孵らぬまま食べられてしま

うたまごと異物を巻き込んでできる真珠。耳たぶと胎児の形の近似。魚の夫婦とは、木の葉の夫婦とは、と考えているうちに冷たさに行きあたる。どの題材も一筋の縄ではくくれない。「底黒い美」とは異物を巻き込んで出来る真珠。したたかさと冷たさのうしろにはさびしさも垣間見える。

魚の夫婦　木の葉の夫婦　わが部屋の壁に掛かるに雪のしきりなり

Ⅶ　『葡萄木立』　二〇一三年八月十七日
調べの変容

「うつくしさ」の洗練

水中より一尾の魚跳ねいでてたちまち水のおもて合はさりき

晩夏光おとろへし夕　酢は立てり一本の壜の中にて

いまわれはうつくしきところをよぎるべし星の斑《ふ》のある鰈を下げて

ありがてぬ甘さもて戀ふキリストは十字架にして酢を含みたり

喩の突出している歌集という印象だったのだが、改めて読み込んでみると、写実的な歌が多く、描写に用いる言葉の重なりが醸し出す微妙な感覚のずれによって不思議な魅力が生まれている。不思議だけれど、現実の情景から乖離しているわけではない。酢は壜の中に立っているだけ、水、魚、など現実に身近にあるものは水一枚の被膜（それは粘膜のような弾力とぬめりを持っている）を帯びているだけなので、皮膚でとらえた感覚が直接皮膚に響いてくるのだ。

プロローグで鑑賞した「鰈」の歌は最も魅力的。作者葛原にとっても「底黒い美」の洗練された理想的な姿だったに違いない。水中から魚が跳ねる歌には、動画を停止させるストップモーションの技法が用いられている。映画の手法は、たった一枚の場面を切り取る短歌に相応しいと葛原は、当時の歌人たちとの様々な交流のなかで方法論で知ったのだろう。「酢は立てり」を読むと私はいつも寺山の樫の木の歌を思い出す。

一本の樫の木やさしそのなかに血は立ったまま眠れるものを

寺山の歌に立つ樫の木は風に揺れて、定型のもたらすなめらかな調べを奏で、青春のやわらかな感性とういういしさと夏へ向かう五月のまぶしさを際だたせる。葛原の歌からは壮年の強さとさびしさと秋へ向かう色褪せた夏のさびしさが立ち上がる。三句目の欠落によって「晩夏光おとろへし夕」つまり季節の衰えてゆく様子がしろじろと強い光に褪せて浮かび上がるのだ。イメージがしっかりと伝わる。「酢の甕」があるのは台所なので厨歌だが、食べ物の持つ、いのちの手触りを捉えたいという思いが先行する。調べが断絶されて酢が宙吊りとなることに注目したい。

もう一首注目すべき酢の歌。キリストの含む酢は葛原のキリストによせる複雑な感情によって呼び起こされる味覚として享受したい。

調べの変容

氷片を泛《うか》べし玻璃に薔薇を插す黄色《くわうしよく》　橙色《たうしよく》一夜にひらかむ薔薇を

すれちがふ魚のごとくにかへりみぬ家人《いへびと》よわれよ花の香流れたり

巻頭に字余りの歌が置かれているように、句跨り、字余り三句目の欠落など、調べの変革が、この歌集の特徴的な試みだろう。

鋭《と》き魚の影なし硝子にゆききせる少年にあらず少女にあらず

水栓をひらきて流失をたのしめるうつくしき水勢深夜に響く

たれかいま眸を洗へる　夜の更に　をとめご

の黒き眸流れたり

洗ふ手はしばしばもそこにあらはれたり眩しき冬の蛇口のもと

実際のものから連想するものに言い換えて描写する。その言葉の使い方が洒落ている。斜に見るというのではなく、自分の好きな色眼鏡でみるような。例えば魚の影をなして硝子越しに往き来するのは魚でも少年でも少女でもない人だろう。すりガラス越しの人の翳の見え方を言い換えてゆく。蛇口をひらくと水がほとばしる。その水音を聞きながらうつくしき浪費を思う。コンタクトレンズが流れてしまう情景を眸が流れるとする。手は蛇口のもとにある。四首とも字余りで変則的な調べなのだが、その字余りには豊かな水の流れが感じられる。ごく普通の光景を少し見方を変えて描写し、少し字余りにする。その少しの違いが歌に独得の魅力を与えている。葛原という歌人の魅力がある。

月蝕をみたりと思ふ　みごもれる農婦つぶらなる葡萄を摘むに

かたかたと機械うごける葡萄庫《ぶだうぐら》自働人形歩めるごとし

口中に一粒の葡萄を潰したりすなはちわが目ふと暗きかも

原不安《げんふあん》と謂《い》ふはなになる　赤色《せきしよく》の葡萄液充つるタンクのたぐひか

「葡萄木立」の一連からは、葡萄園が立ちあがり、ふっと心の動く気配が感じられる歌が要所要所に煌めいている。「みごもれる農婦」のうたの字余りはみごもりの豊かさを表し、「自働人形」「口中に一粒」の定型に規則的な動きと、ふっとした心の揺れが見える「葡萄液充つるタンク」。丸いものが生命を孕んで膨らんでゆく不安、この歌集のメインテーマが連作によって見えてくるとき、調べは重要な役割を果している。

心象風景を補強する身体性と描写力　幼子への愛

胎児はかつきりと球《きう》の中に入り産月の雲とほく輝く

絹よりうすくみどりごねむりみどりごのかたへに暗き窓あきてをり

みどりごを指ししはその母　みどりごはま白き蛹のごとく捲かれゐき

人形の片手缺けをり雲を割く黒太陽はかつきりと見ゆ

幼子への愛は、孫への愛と重なるらしい。胎児の存在をしっかりと描写した珠。絹のなめらかさと、みどりごの眠り。みどりごと蛹。前半の慈しみに満ちたやさしい眼差しの歌には、いままでにない穏やかな心が溢れていて、ほっと安堵してしまう。

家族との葛藤がもたらした心の痛みをこれまでの歌集に見てきたからだろう。幼いものへの愛が、さわやかな五月の風となって胎児の歌と「みどりご」から吹いてくる。後半はキリスト教関連の歌と、手の歌が増える。孫の一人の手になんらかの不安要素があったとも言われているので、その影響かもしれない。けれどその慈しみは変わらない。

「表現的」と「手摑み」

荒れし庭よぎる者なきひとときを模造眞珠の小日輪

ねむりのまつぎつぎに顯はるる人形はパラシュートめき顏に流れき

のぞきたる或る日の居間に人をらず大き人形の腰かけてゐし

人形の一連にも心惹かれる。荒削りな感じが新鮮。古びたけれどしっかりとしたつくりの家にいて葛原は、様々な歌の形を摑みとる。平凡に流れる日常でありながらすこし流れ方の違う時間。それは葛原の短歌の生まれる場所なのだ。

月の登場する歌

閉ざせる月の夜の白き冷藏庫うちらに鯨の鮮血あるを

あゆみきて戸口に鈍き海見えし猫は月光のやうにとどまる

郵便受の硝子に月光の差しゐたりひとふさのみどりの葡萄をおもふ

鶏血石《けいけつせき》の印形ひとつ亡き父のわれに與へし部屋に月差す

怖しき母子相姦のまぼろしはきりすとを抱く悲傷《ピエタ》の手より

Ⅷ　『朱靈』　二〇一三年九月十五日
音への回帰とみたまふり

音による描写

疾風はうたごゑを攫ふきれぎれに　さんた、ま、りぁ、りぁ、りぁ

さびしあな神は虚空の右よりにあらはるるとふかき消ゆるとふ

雁を食せばかりかりと雁のこゑ毀れる雁はきこえるものを

雙眼をうちひらきたる人形にわが磨りしマッチの火は映るなり

『葡萄木立』に現れた調べの変容は、音による描写にまで高められる。音の繋がりに祈りを描写して、おさなごの受洗を描いた「あらはるるとふ」と、「雁の食」の歌にふれてみたい。聖歌の歌声がちりぢりになる様は、声の力と儚さを同時に感じさせる。「雁を食せば」——雁の声は壊れ骨まで毀れてしまう。マッチの火が映るのは人形の瞳。消された音とともに火でありながら冷たさを感じる。聞こえるけれども見えない音。その音のもたらすイメージを言葉のニュアンスに置き換えて残す。二つの連作の中から二首を選んで並べてみるとその音から虚しさがしみじみと響いてきて驚く。『朱靈』の歌は調べなだらかで洗練されている。そのうつくしさは透明度が高く、

さびしさがにじむ。生命を持て余すような感覚はもはやない。生命のうすく透き通るような感じ。音への関心は眼の不調によってより音に敏感になったからかもしれない。

「底黒い美」の真珠はさらに艶めく

とり出でし古き朱泥を焙りをりあざやかにしも朱は蘇る

卓上に鹽の壺まろく照りゐたりわが手は憩ふ鹽のかたはら

つくつくぼふし三面鏡の三面のおくがに啼きてちひさきひかり

夏至のよる一羽のみみづくめざめゐて人ねむるうすき闇を支へゐし

絹の上に一れんの眞珠を置くなればもろもろの死の重きゆふぐれ

暴王ネロ柘榴を食ひて死にたりと異説のあらば美しきかな

「底黒い美」はすでに真珠のように美しいのだがそこに艶めきが加わる。朱泥を焙れば覆っていた曇りがとれ朱が鮮やかによみがえるように。『朱靈』の底黒い美は、クラゲのようにぬめぬめと弾力のあるものに包まれてはいない、さらさらと流れる水の冷たさ。あるいは硝子越しに、あるいは光りに照らしだされて、塩も手も、三面鏡と蝉も、うすき闇もさびしさの冷え冷えと静物画のように見える。鏡はみずからのうちがわを深く見つめるためのものかもしれない。鏡に映る顔は親しい私の目鼻。自らの内に生まれた感情に分け入る入り口として、鏡はある。魔女、幻視、メタファーなど葛原の歌を読み解く鍵として用いられる言葉を越えた所に、みみづくは異説のもたらす物語のうつくしさと「うすき闇」を支えている。

「夕べの聲」――みたまふりたましづめ

雲南《うんなん》の白き翡翠をもてあそびたなごころ冷ゆ天日《てんじつ》は冷ゆ

蟬捉へられたる短き聲のしてわが髪の中銀の
閃く
かち合ひし玉おもたけれ赤玉《あかだま》の赤耀のひかり
羅紗にとどまる
湖《うみ》の風つめたく吹きて珠臺に散らばる　赤き
玉　白き玉
赤玉をうすきめがねに染めつつひとりの死者
たまあそびする
赤玉は神のごとしづまるを　死者への禮《ゐや》ふか
くしあれな
他界より眺めてあらばしづかなる的となるべ
きゆふぐれの水

『朱靈』の球体への愛は真珠に凝縮される。そして真珠は赤玉を呼び出し、葛原の中に封印されていた和歌の思いが調べをともなって現れる。「夕べの聲」の一連は紀友則への返歌だろう。

蟬のこゑきけばかなしな夏衣うすくや人のな
らむとおもへば　　紀　友則

「うすくや人のならむとおもへば」に葛原は共感したのだ。蟬の聲は、葛原妙子の髪の中で銀色に閃く。和歌の思いとは「たましづめ」鎮魂という言葉。それがここに甦ったのは年齢を重ねたからかもしれない。古典回帰を鍵として一連を読むと、

赤玉は緒《を》さへ光れど白玉の君が装《よそひ》し貴くあり
けり　　『古事記』

ビリヤードの場面を描写した玉の歌の後ろに『古事記』上巻の海神の娘豊玉毘売が山幸毘古に贈った歌にある赤玉（珊瑚）白玉（真珠）が見えてくる。古典の恋歌に詠まれた玉を自在にあつかうようにも見えるビリヤードの珠の動きは、玉の源にある魂鎮《たましずめ》を作者の心に呼び出したのだろう。さびしさはしみじみとあるが不安はほとんど見当たらない。このビリヤードの不思議な光景が、他界という言葉を呼び出

したのではないか。
キリスト教との関わりは見えやすいが、葛原が歌誌の名前として選んだ「をがたま」は招霊の木の名前。それが不思議で仕方がなかったのだが、「夕べの聲」の一連はその疑問を氷解してくれた。

心象風景を補強する身体性と描写力と

澄む硝子一日《ひとひ》くもらず聽きをれば白盲の富士空に荒れたり
さながらに假面とみゆる白椿赤き椿は咲きいでにけり
肉親の汝が目閉近かに瞬くをあな美しき旅情をかんず
ヴァチカン石誌寂しくぞある生きものの生きながら石となりたる圖鑑

白盲の富士、仮面の白椿、肉親の目の旅情、ヴァチカン石誌、読む人を従わせる喩の力はまぶしい。

熨斗のごと水上にかかる橋ありてひとたびわたる　われは旅人

Ⅸ　『鷹の井戸』　二〇一四年二月十六日
うすみずごろも

日本的象徴、うすく透明感あふれる抒情

黃酒《ほわんちう》よりややうすき月のひかり差すラヴェルのピアノ「鏡の集」
天秤の一端に觸れあな異端かすけく震ふさまにみ入りき
硝子戸に觸れゆきし蛾の鱗粉はときおきてのち光りいづるや
みゆるごとしみえざるごとし床《ゆか》を這ふあさがほの手の千の收奪
人のこゑ絶ゆる日なかの流れぐも天涯をゆくうすみづごろも
水藝師水をあやつるさまみゆれ銀の露頭の顯ちくるごとく

『朱靈』に現れた日本的なるものと中国と西洋の渾然一体となった世界はさらに磨かれる。うすく透明感のある水衣をはおったような冷たさがあるけれど。薄墨を流したようなグレーは光りを浴びると銀になる。ラヴェルのピアノ曲、天秤のかすかな震え、蛾の鱗粉は月の光をあびる。音への心寄せ、微かなるものを描写する力、なかでも声なきあとのうすみずごろものかそかなるものへの心寄せは――

「侘」　閑寂な風趣
「寂」　洗練された閑寂
「撓《しをり》」　哀情を持って眺める繊細な余情
「かるみ」　とどこおらない軽やかさ
「細み」　幽玄ともつながり細やかな愛をもって対象に入り込み美を見出す。

※「広辞苑第六版」、『ブリタニカ国際大百科事典』による

――「にほひ」さらには「うつり」「ひびき」という境地まで招き入れて、日本的象徴のふかまりを感じさせてくれて、そのあまりの繊細さに溜め息が出る。西洋的なるものも詠みこみながら日本的な香りの強い象徴が現れて、そのころの葛原の心のありようを反映している。それは選んだ題名にも明らかだろう。題名の元となったイェーツの「鷹の井戸にて」はアイルランドの民話を題材にして能の演出を取り入れた仮面舞踏劇詩。一九三九（昭和十四）年、葛原が三十二歳のとき東京で出会った舞踏劇をふたたび思い出して題名に据えたのは、作者の心が、無意識のうちに西洋的なるものと日本的なるものとの融合を求めていたから（葛原が「潮音」社友となったのも同年四月）。不死の妙薬の湧きでる井戸を守るのはケルト神話の女鷹。折口信夫のいう古代の「水のおんな」は神をはぐくむ。その偶然は必然なのだろう。

情景を補強する身体性と描写力と「かるみ」

こよひわがかたはらにして弾きたまふ父疾風のごとうるはしき
死者焚けばま靑き空《さを》の濆るとふ　ピアノに吾

は死者を焚くなる
くちなはの透けるぬけがらさながらにほそき
瞼も脱ぎてあらずや
雪降ればロレンツォ・デ・メディチの墓かの
滑石《なめいし》の塋域なやまし
火葬女帝持統の冷えししらほねは銀麗壺《ぎんれいこ》中に
さやり鳴りにき
薔薇光《くわう》の褪せし御堂とおもへらく十一面觀音
のねっくれす
天上縊死・松の葉のうたをそらんずる天のゆ
ふぐれひとごゑもせず
ぐろてすく　ぐろてすく　とぞ煮つまりぬ深
鍋にしてタンシチウは

亡き父への思いをピアノに託す、ほそき瞼を脱ぐくちなわ、硝子の間仕切り、雪と墓の石、しらほねと銀麗壺、観音のねっくれす、不思議な言葉選びは感覚の鋭さに収斂してゆく。「て」で繋ぐなだらかさ、見つつ詠むこと。それは「かるみ」ともつながり、滞ることなく自在に歌う心には晴やかさがある。飛行機から見るゆうぐれと天上縊死、タンシチューの煮える音。作者の息遣いが聞こえて来て、ふっと存在のさびしさも覗く。

身体感覚

はこべぐさちひさき花の無臭にてねむくなる
ときのわたくし白し
あまたの管あまたのふくろなるわれをネガと
しなして月は缺けたり

葛原の身体感覚は、実際に触るのではなく、聞く見る想像することによって生まれる違和感のような体の反応であったのかもしれない。無臭の花、眠い私は白。月は私の影で欠ける。肉体はネガとなりひえてうすい。

「美」はうすみずごろも

薄ぐらき谷の星空金銀交換所とぞおもひねむ

りし
玻璃鉢にシャロンの薔薇の泛けりけるさびしきろかも　めぐりもとほる
ほのぼのとましろきかなやよこたはるロトの娘は父を誘《いざな》ふ
日暦はみづのとひつじ　北の方《かた》美しき羊一匹がゐる
草萌をすこしまじへぬ老嬢われの燒きたるうすやきたまご
女《め》の雛《ひひな》ほろびにけりな雲ながれ雲のしりへに瓔珞流る

対象の本質に愛を持って入り込み見出した美とはこのようなものだろう。蒸留水のような美しい歌は日常的なるものの歌の中に潜んでいるからうつくしい。調べのなだらかさ、イメージは流れ、「うすみづごろも」のグレーを孕んだ水色は明度を増すのだが、見るものすべてにグレーのうすものが被さっているようなさびしさもある。それは作者の眼の状態と関わりがある情景かもしれないが、物事は紗がかかっている方が美しい。『鷹の井戸』の紗は、カンバスの下塗りの白に混ぜ合わされた金粉が乱反射してつくりだしているものなのだ。その底光りする美は「うすみづごろも」をうちがわから照らす。

ビザンティン光《くわう》といへる微光のありとしてうちかさなりし朴のしらはな

X 『をがたま』二〇一四年三月二十三日
瑠璃（ラピスラズリ）

はつかなる碧

はつかなる碧《みどり》を帯び來　石のうへ　葡萄の木《ぼく》を燃やしたる灰
刃物職人フランツ・ローウェ　ゾーリンゲン市に寡男とぞなる
老いたれば孤食なりせば　青き眸の霞むといははば

さめざめと汝が泣くところ　平凡のをのこの
こどもただに泣くところ
さねさし相模の臺地山百合の一花《くわ》狂ひて萬の
花狂ふ
風星《かざぼし》のおほきなる揺れゆらゆらにヤコブの梯
子天に届かず

『をがたま』は葛原の最終歌集。編年体で作品が並べられているので、歌に葛原の過ごした時間の流れが見える。

はじめに「風星」の一連から抄出する。詞と共に詞を無造作においていったような歌が巻頭に置かれている。「はつかなる碧《みどり》」「石のうへ」「葡萄の木《ぼく》」「燃やしたる灰」。繋ぐのではなく、時間の経緯を意識しているような一字空けの空白。そこに長い時間が現れて、イメージは大きくふくらむ。

例えば「葡萄の木」は歌集『葡萄木立』のことであり、今の歌はその成果を石の上で一度燃やした灰の様なもの、そこに「はつかなる碧《みどり》」つまり独特の味わいをもつ「かるみ」を獲得した、とも読める。深読みしすぎかもしれないが、この歌集についての私の印象でもある。身の回りのもの（本や絵画、映画なども含める）や出来事に反応して、歌を詠む。刃物職人について、こどもの泣く様子、相模の古墳、空からふりそそぐ梯子のような形となったひかり。歌は「うつり」「にほひ」自在である。のびのびと悲傷する。

私あるいは身体

一生理作用にあらむ死とおもひ生とおもひて
月の差し出づ
夕月夜明るき車にゆれてゐる座席にわれは細
根をおろす
ゆふさればはろけきかたに向きをればわがち
ちぶさのうすくひかりぬ
さにづらふ雅歌八章をひらきみよ「わがちち
ぶさは櫓《やぐら》のごとし」
めがねかけし天使天上に翔びゐたり月のごと

きちちぶさみえて
鍵束を膝に鳴らしてどこへでもゆけるわたくしどこにもゆかず
すひかづら・胡麻・らつきやう・紫蘇のはなみえくるなべてくちびるばな

最初から追いかけてきた肉体あるいはいのちへの持て余すような重たさは、はつかなる碧のように変化してひえてうすい。けれど、時間の推移と共にほのかなる温みが甦る。生と死と月、座席に根を下ろし、「ちちふさ」はうすくひかり、天使のそれは月のように輝く。編年体なので、葛原の歌が纏っていたグレーな感じの薄い布を脱いで、平明になってゆく様子が見える。「どこへでもゆけるわたくし」の五感の捉える身体をかろやかに歌の調べに乗せて歌う。「ちちぶさ」と「くちびるばな」の私を慈しむような感じがうれしい。

「かるみ」のような

シューベルト死にたる霜月十九日水仙の莖鋭くぞ切る
若狭美濱原子力發電所隆起せりなべての雪移り棲むべく
電氣猫・電氣人形・電氣象すみやかにしも軌條をめぐる
一室にテレヴィジョンあり人をらずキリマンジェロの雪の座寫る
鷺の脚みだれ飛びゐき　仁徳帝　百舌耳原陵《もずのみみはらのみささぎ》
しづかなる大和の寺を覗きみぬ聖娼婦百済観音の足
うすらなるはがねのにほひただよへる武器博物館にさくら持つ人
室生寺の赤、ポンペイの赤なりと説きたまひ人は目をつむりたり

「かるみ」は日常と思索の間にとどこおらない軽やかさをさすという。日常の中で目にするものを詠み込んだ歌は自在。直喩も平明、身の回りにあるもの

を有形無形に関わらずそのままに歌に招き入れる葛原の方法を説明するのにふさわしい。シューベルトの忌日の行動、まぼろし、若狭美浜原子力発電所、電気、百舌耳原陵《もずのみみはらのみささぎ》と鷺の脚。百済観音の足、室生寺の赤、さまざまなものが飛来する。日常生活には当然思索や、空想も入る、今までの人生のさまざまな時間を自在に行き来して、とどこおらない軽やかさは、「さびし」「たのし」などの感情にこだわってはいない。

「ほそみ」の気配

呼氣かすか觸るよりなほかすかなり口唇にくれなゐを伸《の》すこと

尾花みな絮《わた》となりせば絮のなかラピス・ラズリの細片ありき

いづかたにたれあらはれむ耳朶に翅うすき一四の蟬をとまらせ

古代中國死にたる口に含ませし　白玉《はくぎよく》の蟬青玉《せいぎよく》の蟬

青白色《セルリーアン》　青白色《セルリーアン》とぞ朝顔はをとめ子のごと空にのぼりぬ

千七百六十四年四月一日名馬日蝕《イクリプス》英吉利に生《あ》る

銀行に銀の音絶えしゆふまぐれ昇降機《リフト》ゆるやかに下降す

大きなる白蛤を水に漬く路傍に　月夜商人をりて

ゆふぐれの手もてしたためし封筒に彦根屏風の切手を貼りぬ

「ほそみ」とは細やかな愛をもって対象に入り込み美を見出すこと。音は言葉の中にたゆたい、言葉は歌のなかにたゆたう。かすかに口に紅をさす感触、尾花の絮のなかの瑠璃の細片。白玉の蟬、青玉の蟬。馬と日蝕、銀行の銀の音、白蛤と月、ゆふぐれの手が貼る切手。対象に愛をもって分け入り見出したものは、儚いこの世にひそやかにけれど確かに息づく「美」。溜め息が出るほどうつくしい。そして聞こえてくるのは生と死の間の薄明に息づく白玉と青玉の、鳴くはずのない蟬の声。それは『朱靈』にも現れた紀友則の蟬のこゑ、短歌とは、やはり底しれぬ魅力を持つ魔物なのだろう。葛原妙子は明治生まれの歌人。和歌に造詣が深いのは当然だけれど、西洋文化に憧れ、難解派といわれた歌人の晩年の心に甦り響いたのは、「うすくや人のならむ」という紀友則の歌だったのだ。蟬は薄明の世界に静かに鳴いている。

蟬のこゑきけばかなしな夏衣うすくや人のならむとおもへば　　紀　友則

夢違観音夢にあらはれて手首の繼目を示したまへり　　妙子

（「葛原妙子論集」現代短歌を読む会編、二〇一五年五月十一日）

〔現代短歌を読む会で用いた主要参考文献〕

『随筆集　孤宴《ひとりうたげ》』葛原妙子
（小沢書店　一九八一・昭和五十六年）

『百珠百華――葛原妙子の宇宙』塚本邦雄
（花曜社　一九八二・昭和五十七年）

『現代歌人文庫　葛原妙子歌集』
（国文社　一九八六・昭和六十一年）

『鑑賞・現代短歌二　葛原妙子』稲葉京子
（本阿弥書店　一九九二・平成四年）

『葛原妙子　歌への奔情』結城文
（ながらみ書房　一九九七・平成九年）

『葛原妙子全歌集』
（砂子屋書房　二〇〇二・平成十四年）

『われは燃えむよ――葛原妙子論』寺尾登志子
（ながらみ書房　二〇〇三・平成十五年）

『幻想の重量――葛原妙子の戦後短歌』川野里子
（本阿弥書店　二〇〇九・平成二十一年）

短歌総合誌の葛原妙子特集号

解説

季節感はいま

馬場あき子

雲雀料理の後にはどうぞ空の青映しだしたる
水を一杯　　　尾崎まゆみ

「雲雀料理」というのは、もちろん萩原朔太郎が、『月に吠える』という詩集に収めた詩の題名です。あまりに有名な作品ですから、「あはれあれみ空をみれば、／さつきはるばると流るるものを」という季節感あふれる詠嘆部分を思い出す人も少なくないでしょう。したがってこの歌では「空の青映しだしたる水」というところにも、朔太郎の詩の投影があると考えていいと思います。

雲雀の季節の雲雀の空の青さや、その声の切なさは、この世にどうしても声にもらすほかないような、たとえばかなわぬ恋の悲しみのようにも、愛の犠《にえ》のようにも感じられることがあります。「ささげまつるゆふべの愛餐」とうたい出している朔太郎の詩の皿の中には、切なく可憐な雲雀が料理されていて、愛する人への「愛餐」となろうとしているのですから——。そして、若い現代の短歌作者が、その詩を面影として、「愛餐」の後の一杯の水を、涙のように飲み干すことを求めているのも、青春の雲雀の季節独特の感傷だと思われます。

朔太郎の「雲雀料理」のかなしみに、より現代風なドライな軽さで追随しようとする方法は、背景があることで少しむずかしいと思う人もあるでしょう。しかし、今日の歌の言葉の緻密な楽しみ方は、季節感の面でもここまで幅が広がり、方法も多岐になってきていることをみてほしいと思ってあげました。

（『短歌セミナー』短歌新聞社、一九九三年九月）

辛夷

岡井　隆

辛夷《こぶし》握りしめて開いた空間に雨降りしきるやうな一日　（『真珠鎖骨』）尾崎まゆみ

「辛夷」は拳《こぶし》に掛けてあるのだろう。辛夷の花の咲くのを、握ったこぶしを開いて緊張を解き、そのてのひらの上に、そして花の上に降る雨をおもう。そんな雨の降りしきるうな、平安で、そして春らしい一日だった。やや難解な比喩を、そんな風に解いてみたらどうだろう。

（「けさのことば」中日新聞、二〇〇四年三月二〇日）

発光する身体
――『真珠鎖骨』

梅内　美華子

半旗ひるがへる神戸の片隅に誕生日迎ふるはせつなし
こころ夕焼にひらけば左腕ほらわたくしの骨がきしめり

尾崎まゆみの歌は句割れ、句跨がりをもって小刻みにリズムを変化させながら、それはかつて師の塚本邦雄が独特のシンコペーションと指摘したリズムで、歯切れ良く、そして連綿と続くような錯覚をもたらす、不思議な律をもつ。読者の内側のリズムを裏切り、揺らし、そして音を心地よく浮遊させ、運んでゆく。

一首目。作者は神戸に住む人だが、自身の誕生日に阪神淡路大震災が起きた。震災の日以来、祝福の日は追悼の日となった。哀しみと痛みが身に刻印された皮肉な日を、街とともに迎えることになる。初句から二句にかけては単なる描写だが、句跨がりによって、半旗が風にひるがえって止まない様を屈折のある音によって導き出している。二首目、夕焼けに開いてゆく心はおのずと身体を伴いふと動いてしまう。心から伸びた突堤のような腕の骨は、開くという甘美な解放を哀しみ、応えるようにきしむのだ。いずれのうたも、こまやかなリズムに言葉と心象が刻み込まれ、哀しみの軌跡を印象づける。

　からだの中の白い部分にわたくしの母眠るら
　　む眩しくてある

二十四年前に逝った母の年齢に「追いついてしまうということだけを常に心の、あるいはからだのどこかで感じつづけ、そのことに拘りつづけていることのできた、ある意味では平穏な時期」とあとがきで記す。若き日の母の死の衝撃は、作者に運命の酷薄さを見せ、虚無感をもたらした。しかし非在となった母は、作者の内側に棲み、否応無く自身のうつしみとそこに流れる時間に目を向けさせることになる。本集には鋭敏な身体感覚が生かされた秀歌が多いが、自愛などの尾崎個人の感覚を超えて、母が生きられなかった時間をなぞるかのような、身体への拘りが感じられる。

　中心をほそく穿《うが》たれひとつぶの真珠鎖骨の縁
　　に転がる
　靴をはく舟状骨といふ部分桜目覚めのときを
　　あゆめり
　背骨から鎖骨肋骨骨盤をくるむ縫い目をまた
　　引きしめて

骨が登場する歌に印象的なものがある。真珠ネックレスがこのように現実の形状や説明を超えて詠まれたのは読んだことがない。深遠な洞察が響いてくる。首の下の、細い鎖骨の上を、孤独にさすらうの魂のごとく一粒の真珠が流れる。真珠と鎖骨の出会いから生まれる詩。そこに運命を受容する寂しく、覚醒した諦念を読むのは読み過ぎだろうか。骨を含む人体をくるむ、皮膚のどこかに縫い目があるという感覚も切なくおもしろい。

生の源である身体の深処を見つめるまなざしと言葉。そこに存在の哀しみとエロスがきらめき、詩が発光している。

（「短歌研究」二〇〇四年一月号）

美意識の源泉へ
――『真珠鎖骨』

篠　弘

尾崎まゆみが、新人として出発してから、すでに一二年となる。第三四回短歌研究新人賞の受賞作「微熱海域」（平3・9）を、いまもって記憶される人も多いにちがいない。

雲雀料理の後にはどうぞ空の青映しだしたる
水を一杯

この巻頭歌が忘れがたい。朔太郎からヒントを得た「雲雀料理」、その着想の妙味もさることながら、熱っぽいリリシズムには華やぎがあった。この下句への展開も洒落ていた。憧れの雲雀料理をともに味わったよろこびが滲み、日常感が払拭されていた。

雨足を絶えず砕きてみづからの水を味はふわたくしの揺れ
一杯の水を飲みほす真夏日のその揺らぎからからだ目覚めよ

この『真珠鎖骨』においても、この二首のように、水を呑む歌が見出される。どの歌も美しい。「みづからの水」をもとめてやまない焦る思いと、「一杯の水」を飲みほすことによって甦ってくる、若さの名残りのような気分が溢れる。

この「みづからの水」を味わう感触が暗示するように、日常から詩を屹立させる契機として、この歌集には身体感覚が大きく作用する。すでに身体感覚そのものを援用した歌人は少なくないが、これから述べるように、実生活の延長線上における生活実感のそれと、ひたすら一線を画そうとする。

フェルメール描くひかりにめぐり逢ふその一瞬のため息の揺れ
とめどなく流れる日日の水音に人差し指は冷えてゆくなり
あきらかに異なる汗のにほひから人のからだが立ち上がるなり
風邪の熱巡るからだは明らかにほつれさうなり縫ひ目熱くて
中心をほそく穿《うが》たれひとつぶの真珠鎖骨の縁に転がる

はじめに特徴を言うと、たしかに日常の瞬間にちがいないが、みずからの未知なる感触への志向がきわだつ。もっぱら身体感覚に訴えることによって、微妙な感覚の揺らぎを追い、設定された場面の叙述が大幅に排除されている。くだくだしい説明が要らないものとなる。

ちなみに、一首目のフェルメールへの賛仰も、しっとりとした柔らかな、静謐感にみちた光線と色彩を暗示し、立ち竦む情感をつたえる。二首目の「人差し指」は、流れつづける日常の水音を述べるだけで、拒否反応を起こした指の冷覚をしめす。三首目の「汗のにほひ」は、みずからも知らなかった、真夏の身体からほとばしる流汗淋漓《りんり》におののく。四首目の「風邪の熱」は、高熱で肌が裂けるような苦しさを味わう。痛覚をはらんだ「縫ひ目」という暗喩が生きる。さらに五首目の「真珠鎖骨」は、冷えびえとした真珠が鎖骨の窪みに触れる、ユニークな着想で、いいしれぬ危うい感触を髣髴する。

このように身体感覚を生かした表現は、通り一遍のものではない。いのちの瞬間の揺らぎをめぐり、妖しいものへの驚き、危ういものへの不安を抉り出すものとして、温覚や痛覚・冷覚といった皮膚感覚も詠み込まれていたのである。ここには、葛藤を描き出す美意識が探られると言っていい。

さらにこの歌集の身体感覚を理解するうえで、もう一つの傾向を挙げておきたい。

うしろより来る足音に考へるときの仕草を掠めとられつ

ぽつかりとひだまりの熱とりあへず生きるこころのなかに開けば

たはやすく鎮めかねたる内側にこもるやうなる声のゆらぎは

驟雨一瞬のひらめき横顔に映しあふなり人のいらだち

人生は感じるものと一月の陽のつめたさのわづか明るむ

いまだにリアリズムを彷徨うわたしどもには、こうした歌は詠めない。生の基底を問うなどとして、直截に己れの生き方と結びつける習性がある。どうしても構えがちになってしまいかねないが、この作者はちがう。

これらは、すでに紹介したものよりも心理的なもので、みずからの心象風景を詠んだものであるが、やはり身体感覚が関わっているように思われる。一首目の「足音」に怯える聴覚は、一層不安に耐えられない。二首目の「ひだまりの熱」は、冬日を慈しむ場面か。それをいとおしむ情感である。三首目の「声のゆらぎ」は、自分で制御しきれない、あえかな嘆声であろう。また、四首目の驟雨に遇った「横顔」には、みずからも含まれていよう。困惑を隠さない表情を如実に想像させる。さらに五首目は「人生は感じるもの」と思い切ったことによって、にわかに体感するものが拡がり、季節のもつ微妙な変化を愉しむ。それまでの人生は勤《いそ》しむもの、究《きわ》めるものと認識してきた、それとの転身を明らかにした相違にほかならない。

　作者は、その実人生を詠むに際して、大上段に振りかざして、生き方を問うことはしない。生きる煩悶と平穏が、世相のもつ猥雑さと熟成が、まさに隣り合わせであることを知っている。作歌の基調に身体感覚を生かすことによって、現代人の内面における照り翳りをあらわす。それは美意識の源泉を問おうとする祈念によるものであろう。

人生は感じるものと

――『真珠鎖骨』

栗木京子

テレビのトーク番組にある女優が出演していた。「ご自分の身体の中で一番魅力的だと思うところは？」と尋ねられて、目や口許、あるいは脚などと言うのかと思ったら、

「鎖骨です」

と答えた。細い首の下にすっきりと浮かび上がる鎖骨には、なるほど洗練された女性の美しさが湛えられている。本集の歌集名『真珠鎖骨』を知ったとき、真珠の清らかさと鎖骨の大人っぽさが相俟《あいま》った素敵なイメージだなあ、と新鮮な気がした。

鎖骨には真玉あらたま玉の緒を貫きとほすこ
ころあるいは
中心をほそく穿《うが》たれひとつぶの真珠鎖骨の縁

に転がる

これらの歌には清らかさや大人っぽさとともに、無垢な真珠玉に糸通しの孔を穿つというかすかな嗜虐性が加味されている。一首目では「真玉」が「玉の緒」に繋がり、さらに「こころ」を導き出す。文脈の展開が見事である。また二首目では一粒玉のネックレスが鎖骨の縁を飾っている描写がとても繊細である。どちらの歌からも中心を貫かれた「こころ」の叫びがかすかに聞こえる。叫びをくどくどと表わすのではなく、あくまでも心や身体の輪郭を濃《こま》やかになぞることによって、内面のかかえるものを伝えようとしている。

二首目の結句の「縁」という語が象徴的に示すように、本歌集には「縁」「線」「輪郭」「形」「なぞる」「触れる」などの語を詠み込んだ作品がかなり多く見受けられる。

残酷な四月桜の虫喰ひのこのむなしさの縁を歩めば

五月の夜に指を埋めて発芽するほのかな月の言葉触れたり

逢へばもう見えぬ翳あり輪郭にからだ重ねるやうな青空

さうさうあれは寂しさのこと夕暮に浮かぶからだの線をとらへて

愛しさに名前をつけて閉ぢこめる形には間違ひが多くて

線で区切ったり形の中に閉じ込めたりしなければ消え失せてしまいそうな物たち。それらは虚しさや寂しさであったり、愛しさや思慕であったり、また時には身体や言葉であったりする。物やこころの周辺を丁寧にさわりながらも、作者はなかなか輪郭線を破って内部へ踏み込もうとはしない。臆病というよりも、線や縁に触れることを楽しんでいるような余裕がうかがえる。掲出歌に漂うほのかなエロスがそのことを物語っている。

ただ、歌集後半部に入ると、心情の周りをなぞるような歌は次第に少なくなってくる。代わりに、心の深部を覗き込んだときの歌が見られるようになる。

人間の痛いこころの曖昧に火のにほひ銀蜻蜓《ぎんやんま》ながるる

樹と一体になるなどこはいことを言ふ連翹の黄の蕾汗ばむ

からだの中の白い部分にわたくしの母眠るらむ眩しくてある

雨足を絶えず砕きてみづからの水を味はふわたくしの揺れ

「痛いこころの曖昧」「こはいことを言ふ」「からだの中の白い部分」「みづからの水を味はふ」など、輪郭を詠んだ歌とはかなり違った打ちつけな部分が歌の中にさらけ出されている。（打ちつけとは言ってもつねに作者独自の美意識を保ちながら詠まれているのであるが。）前半と後半のどちらがよいという問題ではなく、作者の中でゆっくりと何かが変化しつつ表現が推移していったことを、とても興味深く思った。

また、もう一つ言及しておきたいのは、作者の住む神戸という街が本歌集に及ぼした光と影のことである。

半旗ひるがへる神戸の片隅に誕生日迎ふるはせつなし

北野坂表通りにはみだした絶望を見られてはいけない

神戸線ゆゑに雨降る紫の人の吐息のかそか匂ひは

明石海峡大橋《パールブリッジ》繋ぐてのひら光りあふああやはらかな時のかたまり

神戸が本来もっている外向的で都会的な明るさ。それに対して、八年前の阪神淡路大震災が一瞬にして街を破壊したことの衝撃。震災の日がたまたま作者の誕生日の一月十七日であったことを思うと、悲しみの深さはいかばかりかと思いやられる。神戸を愛する心の陰影が歌集の作品に奥行をもたらしていることを忘れてはならないだろう。

　作者にとって悲喜こもごもの記憶を秘めた一月。その一月を詠んだ歌、そして作者の作歌姿勢がすずやかに、いさぎよく託された一首をあげて、拙稿を閉じたい。

　人生は感じるものと一月の陽のつめたさのわ
　づか明るむ

鎮魂の真珠光

——『真珠鎖骨』

小島　ゆかり

「あとがき」を読んでしまったからだろうか。歌集『真珠鎖骨』の作品群には、ことごとく鎮魂の真珠光《しんじゅこう》が差している気がする。

　母の死を克服するためにむしろ、母の死の年齢へ向かって生きた二十四年間の歳月と、そこから新たに始まるであろう未知の時間。

　作者の心の道筋はこんなにもシンプルであるのに、日々の肉体に訪れる奇妙な感覚は、ときに作者自身を裏切るほどに奔放で摑みがたい。

　牡丹雪粉雪はだれ息つめて見つめられたいわ
　づか一瞬
　くれなゐに包みこまれつ真昼間に薔薇の芽を
　やはらかく開けば

日のひかりゆれて触れあふみづうみのみづの
眠りに卵子生まれて

どの歌にも不明瞭な感覚のたゆたいがある。そのたゆたいの中で、作者は何かを求めている。他者というような明確な存在ではなく、また慰藉というような曖昧な観念でもない。「牡丹雪粉雪」の中に気配として在る者。また「薔薇の芽」の内側から誘い込むように作者を包むくれない。あるいはまた光と水の交合により生み出される「卵子」。

これらは、音や温度の希薄な世界でありながら、どこからか静かな優しい明かりが差し込んでいる。錯覚を恐れず言えば、それはまるで母を喪う前の、あるいは母を喪わなかったかもしれない作者自身の眼差しのようだ。

作者が歌を作ることによって求めていたのは、もしかしたら、母を喪わずにいたかもしれない架空の時間だったのではないか。

歌集後半には、虚実の境をみずからの内へ引き寄せようとする、ひそかなしかし強い情熱が感じられる。

紋黄蝶そらに追はれて左から右へ流るる風にうかびつ

蜥蜴またわたくしに逢ふ雨上がり足すべらかな壁を伝ひて

蘭鋳の尾がゆきすぎてうるさしと真夏日の逃げ水に声あり

油照り歩道ゆらめく硝子戸にピアノ一台隔てられたり

ゆるやかに鷺夕焼に締められて匂ふくれなゐいろの輪郭

私はこれらの作品に注目し、瞠目する。

左から右へ流れる風に浮かぶ紋黄蝶は、呪言をもたらす者のように神秘的だ。また、一度ならずわたくしに逢う運命をもった蜥蜴の不可思議は、蜥蜴の側から思われてこそ。さらに、逃げ水の中に消える蘭鋳の尾と、夕焼けに締められる鷺の輪郭は、感覚にリアルな肉づけがなされて、集中、鮮やかな紅の残像を留める。

そして、「ほほゑみに肖てはるかなれ霜月の火事のなかなるピアノ一臺」（塚本邦雄）と遠くひびき合う一首。油照りの歩道と硝子戸によって隔てられたこのピアノは、作者が火事の中から盗み出したものかもしれないと想像すると、秘密めいてときめく。


からだの中の白い部分にわたくしの母眠らむ眩しくてある

ふたたび、先ほどの眼差しにこだわる。こんなにも切実に表現へ赴く作者の体の中には、やはり母の気配があるのだ。母とともにあった時間、母とともにあったかもしれない時間……。

地磁気のごとく作者を導いたに違いない、「眩しくてある」ものを、鎮魂の真珠光と私は呼んでみたい。

尾崎まゆみ歌集　現代短歌文庫第132回配本

2017年7月21日　初版発行

著　者　尾崎まゆみ
発行者　田村雅之
発行所　砂子屋書房
〒101-0047　東京都千代田区内神田3-4-7
電話　03−3256−4708
Fax　03−3256−4707
振替　00130−2−97631
http://www.sunagoya.com

装本・三嶋典東　落丁本・乱丁本はお取替いたします

現代短歌文庫

（　）は解説文の筆者

①三枝浩樹歌集
『朝の歌』全篇
②佐藤通雅歌集（細井剛）
『薄明の谷』全篇
③高野公彦歌集（河野裕子・坂井修一）
『汽水の光』全篇
④三枝昻之歌集（山中智恵子・小高賢）
『水の覇権』全篇
⑤阿木津英歌集（笠原伸夫・岡井隆）
『紫木蓮まで・風舌』全篇
⑥伊藤一彦歌集（塚本邦雄・岩田正）
『瞑鳥記』全篇
⑦小池光歌集（大辻隆弘・川野里子）
『バルサの翼』『廃駅』全篇
⑧石田比呂志歌集（玉城徹・岡井隆他）
『無用の歌』全篇
⑨永田和宏歌集（高安国世・吉川宏志）
『メビウスの地平』全篇
⑩河野裕子歌集（馬場あき子・坪内稔典他）
『森のやうに獣のやうに』『ひるがほ』全篇
⑪大島史洋歌集（田中佳宏・岡井隆）
『藍を走るべし』全篇
⑫雨宮雅子歌集（春日井建・田村雅之他）
『悲神』全篇
⑬稲葉京子歌集（松永伍一・水原紫苑）
『ガラスの檻』全篇
⑭時田則雄歌集（大金義昭・大塚陽子）
『北方論』全篇
⑮蒔田さくら子歌集（後藤直二・中地俊夫）
『森見ゆる窓』全篇
⑯大塚陽子歌集（伊藤一彦・菱川善夫）
『遠花火』『酔芙蓉』全篇
⑰百々登美子歌集（桶谷秀昭・原田禹雄）
『盲目木馬』全篇
⑱岡井隆歌集（加藤治郎・山田富士郎他）
『鵞卵亭』『人生の視える場所』全篇
⑲玉井清弘歌集（小高賢）
『久露』全篇
⑳小高賢歌集（馬場あき子・日高堯子他）
『耳の伝説』『家長』全篇
㉑佐竹彌生歌集（安永蕗子・馬場あき子他）
『天の螢』全篇
㉒太田一郎歌集（いいだもも・佐伯裕子他）
『墳』『蝕』『獵』全篇

現代短歌文庫

（　）は解説文の筆者

㉓春日真木子歌集（北沢郁子・田井安曇他）
『野菜涅槃図』全篇

㉔道浦母都子歌集（大原富枝・岡井隆）
『無援の抒情』『水憂』『ゆうすげ』全篇

㉕山中智恵子歌集（吉本隆明・塚本邦雄他）
『夢之記』全篇

㉖久々湊盈子歌集（小島ゆかり・樋口覚他）
『黒鍵』全篇

㉗藤原龍一郎歌集（小池光・三枝昻之他）
『夢みる頃を過ぎても』『東京哀傷歌』全篇

㉘花山多佳子歌集（永田和宏・小池光他）
『樹の下の椅子』『楕円の実』全篇

㉙佐伯裕子歌集（阿木津英・三枝昻之他）
『未完の手紙』全篇

㉚島田修三歌集（筒井康隆・塚本邦雄他）
『晴朗悲歌集』全篇

㉛河野愛子歌集（近藤芳美・中川佐和子他）
『黒羅』『夜は流れる』『光ある中に』（抄）他

㉜松坂弘歌集（塚本邦雄・由良琢郎他）
『春の雷鳴』全篇

㉝日高堯子歌集（佐伯裕子・玉井清弘他）
『野の扉』全篇

㉞沖ななも歌集（山下雅人・玉城徹他）
『衣裳哲学』『機知の足首』全篇

㉟続・小池光歌集（河野美砂子・小澤正邦）
『日々の思い出』『草の庭』全篇

㊱続・伊藤一彦歌集（築地正子・渡辺松男）
『青の風土記』『海号の歌』全篇

㊲北沢郁子歌集（森山晴美・富小路禎子）
『その人を知らず』を含む十五歌集抄

㊳栗木京子歌集（馬場あき子・永田和宏他）
『水惑星』『中庭』全篇

㊴外塚喬歌集（吉野昌夫・今井恵子他）
『喬木』全篇

㊵今野寿美歌集（藤井貞和・久々湊盈子他）
『世紀末の桃』全篇

㊶来嶋靖生歌集（篠弘・志垣澄幸他）
『笛』『雷』全篇

㊷三井修歌集（池田はるみ・沢口芙美他）
『砂の詩学』全篇

㊸田井安曇歌集（清水房雄・村永大和他）
『木や旗や魚らの夜に歌った歌』全篇

㊹森山晴美歌集（島田修二・水野昌雄他）
『グレコの唄』全篇

現代短歌文庫

（　）は解説文の筆者

現代短歌文庫

（　）は解説文の筆者

現代短歌文庫

（　）は解説文の筆者

現代短歌文庫

（　）は解説文の筆者

111 木村雅子歌集（来嶋靖生・小島ゆかり他）
『星のかけら』全篇

112 藤井常世歌集（菱川善夫・森山晴美他）
『氷の貌』全篇

113 続々・河野裕子歌集
『季の栞』『庭』全篇

114 大野道夫歌集（佐佐木幸綱・田中綾他）
『春吾秋蟬』全篇

115 池田はるみ歌集（岡井隆・林和清他）
『妣が国大阪』全篇

116 続・三井修歌集（中津昌子・柳宣宏他）
『風紋の島』全篇

117 王紅花歌集（福島泰樹・加藤英彦他）
『夏暦』全篇

118 春日いづみ歌集（三枝昂之・栗木京子他）
『アダムの肌色』全篇

119 桜井登世子歌集（小高賢・小池光他）
『夏の落葉』全篇

120 小見山輝歌集（山田富士郎・渡辺護他）
『春傷歌』全篇

121 源陽子歌集（小池光・黒木三千代他）
『透過光線』全篇

122 中野昭子歌集（花山多佳子・香川ヒサ他）
『草の海』全篇

123 有沢螢歌集（小池光・斉藤斎藤他）
『ありすの杜へ』全篇

124 森岡貞香歌集
『白蛾』『珊瑚數珠』『百乳文』全篇

125 桜川冴子歌集（小島ゆかり・栗木京子他）
『月人壮子』全篇

126 柴田典昭歌集（小笠原和幸・井野佐登他）
『樹下逍遙』全篇

127 続・森岡貞香歌集
『黛樹』『夏至』『敷妙』全篇

128 角倉羊子歌集（小池光・小島ゆかり）
『テレマンの笛』全篇

129 前川佐重郎歌集（喜多弘樹・松平修文他）
『彗星紀』全篇

130 続・坂井修一歌集（栗木京子・内藤明他）
『ラビュリントスの日々』『ジャックの種子』全篇

131 新選・小池光歌集
『静物』『山鳩集』全篇

132 尾崎まゆみ歌集（馬場あき子・岡井隆他）
『微熱海域』『真珠鎖骨』全篇

現代短歌文庫

（　）は解説文の筆者

⑬続々・花山多佳子歌集（小池光・澤村斉美他）
『春疾風』『木香薔薇』全篇

（以下続刊）

水原紫苑歌集　　篠弘歌集
馬場あき子歌集　　黒木三千代歌集